市川真人

芥川賞はなぜ村上春樹に与えられなかったか

擬態するニッポンの小説

GS
幻冬舎新書
73

芥川賞はなぜ村上春樹に与えられなかったか／目次

はじめに

夏目漱石、太宰治、村上春樹。

いずれも、この国の「小説（文学）」のうちでもっとももよく知られている書き手のひとりですが、彼ら三人（の、よく知られた作品）には、それぞれこんな「謎」があります。

⑴千円札の肖像画にもなったことがある文豪・夏目漱石。その代表作のひとつ、『坊っちゃん』は、「親譲りの無鉄砲で小供の時から損ばかりしている」主人公が、四国は松山の中学に新米教師として赴任してさまざまな騒動を起こすドタバタ劇です。

主人公「坊っちゃん」のほかにも「赤シャツ」「山嵐」といった個性的な登場人物がたくさん登場しますが、さて、『坊っちゃん』のヒロインは誰だったでしょうか。

映画『坊っちゃん』のポスターや、アニメあるいは文庫の表紙などでは、日傘をさした袴姿の美女「マドンナ」が、「坊っちゃん」と並んで映っていますから、「マドンナでしょ？」と思われるかもしれません。でも、彼女はそもそも「うらなり」という同僚の英語教師の婚約者、そのうえ心変わりの相手は「坊っちゃん」でなくエリートの「赤シャツ」で、「坊っちゃん」とは徹頭徹尾接点がなく、恋の生まれるはずもなし。

……ならば、いったい「坊っちゃん」は、誰とくっつくのでしょうか？

(2)二〇〇九年に生誕百年を迎え、時ならぬブームも沸き起こった「生まれて、すみません」の全身無頼派・太宰治。もっとも知られている彼の作品のひとつに『走れメロス』があります。

自分の代わりに街の広場で十字架にかかろうとしている友人・セリヌンティウスを救うため、メロスは日没前に辿り着こうと、夕陽をバックにひた走る。はるか向こうに小さく、シラクスの市の、夕陽を受けてきらきら光る塔楼が見え、沈む夕陽を押しとどめるように、「愛と誠」の勇者・メロスは走ります。

……が。そのクライマックス・シーンで彼は「間に合う、間に合わぬは問題でないのだ。人の命も問題でないのだ」と言い放ちます。そもそも身代わりを押しつけるとき、友に必ず帰ってくると約束しているのですから、「問題でない」と言って恥じないなど、たいがい無責任な話です。

……なのに、私たちはなぜ、そんな「メロス」に感動したような記憶があるのでしょう。

(3)いま、もっとも話題になる小説家、村上春樹。二〇〇九年から二〇一〇年にかけて発表された『1Q84』が、「BOOK1」から「3」あわせて三百万部をあっというまに突破したのも記憶に新しいことでしょう。

過去にも『ノルウェイの森』『ダンス・ダンス・ダンス』などのベストセラーや、『羊をめぐる冒険』『世界の終りとハードボイルド・ワンダーランド』『ねじまき鳥クロニクル』などのすぐれた長篇を持つ村上春樹は、国内だけでなく海外での評価も高い稀有な日本作家です。アメリカ・中国をはじめ世界各国で翻訳され、二〇〇六年にチェコのフランツ・カフカ賞、二〇〇九年にはイスラエルのエルサレム賞など、国際的な文学賞を受賞、近年はずっとノーベル文学賞の有力な候補とすら言われています。

しかしそんな村上春樹は、日本でもっとも知られる文学賞である、芥川龍之介賞（芥川賞）を受賞していません。

……なんで、芥川賞は村上春樹に与えられなかったのでしょうか。

この本では、そんな三つの「謎」について、とりわけ三番目の謎を軸に、この国の文学と文学賞の流れを踏まえながら、考えてゆきます。

一番目の謎と二番目の謎、そして分量的には本書の大半が費やされることになる三番目の謎は、入り口としては別のものです。ですから、本書をいまこうやって手にとってくださっているみなさんは、とりあえず、興味をひかれたところから、読み始めてください。具体的には、「坊っちゃん」のヒロインについては十章から、「メロス」に感動する理由については七章から、読んでみていただければと思います。

前の章を読まないと「?」となる箇所があるかもしれませんが、あまり気にせず、だいたいで読んでもらうことを本書（とその書き手）は望んでいます。そのうえで、「なるほど」と思ったら、別のふたつの謎についても読んでみてください。それらはゆるやかにつながってゆくはずです。

三番目の謎、村上春樹と芥川賞については、この「はじめに」の後半からすぐその話が始まります。そこから頁の順に読んでいただくのが本書の流れにはなっていますので、いちばん読みやすいかもしれません。長い道のりであるぶん、かえって退屈するかもしれませんが、そんなときは思い切って飛ばしてしまってもＯＫです。

そうやって、ゆるやかにつながりつつ読み考えてゆく、みっつの「謎」は、「小説（文学）」をめぐるもうひとつの問い――**「わたしたちは、なぜ小説を読むのか／なぜ読まないのか」**、に結びついてゆくかもしれません。

「かもしれません」というのは、小説を読むにしろ読まないにしろ、もちろんそれは、第一には読む（読まない）ひとそれぞれの自由だからです。それを、本書が決めることはできないし、決めるべきでもないでしょう。「なぜ読むのか／読まないのか」を必ずしも問わなければならないこともない。

でも、次のように考えるひとがもしいたら、そのヒントになったらいいな、と思います。

もう十五年くらい前、中学生と高校生相手の塾で授業をしていたころ、教えていた子供に、こう聞かれたことがあります。

「中学に入ったら「英語」が科目に増えて、それで思ったのだけれど、「英語」と「国語」は、科目の名前はよく似ているのに、中身はぜんぜん違うんだね、なんで？」

たしかに、「英語」が単語や慣用句の暗記や文法、作文など、「その言葉を使えるようになるための教育」であるのに対し、「国語」では文法などはほとんどやりません。そこでは、小説や詩、評論（小学校では「説明文」と呼んだりしますね）などの文学作品を「読む」ことが主に行われます。

なかでも「小説」を読む機会はことのほか多く、感想文を書かされたり、「このときの主人公の気持ちは？」と聞かれたり……これは「国語」じゃなくて「文学（小説）」の時間じゃないかと、その子でなくても不思議に思うことでしょう。

それが小説を読むきっかけになることもあれば、逆に嫌いになる原因になることもあると思います。そもそもそんなのどっちでもいいよ、という答えもあるでしょうし、それもまったくそのとおりです。でも、もしもその疑問が解決することで、小説（文学）を読むことがよけい楽しいなと思えるようになるなら、あるいは、嫌いだと思っているのが少しほぐれたら、うれしいな、と思います。「なぜ小説を読むのか／なぜ読まないのか」という文を見て本書を手にとってくださっている時点で、私たちは（きっと）仲間です。

でも。まずは村上春樹の話です。

二〇〇九年から二〇一〇年にかけて、日本でいちばん話題になった小説が、村上春樹『1Q84』だったことは、みなさん記憶に新しいことと思います。

「ＢＯＯＫ１」「２」が二〇〇九年の五月末に発売されるや、どちらもが即座に品切れ（限定販売の化粧品やゲームならともかく、小説が売り切れて手に入らない、という状況はひさしくなかったことでした）、発売元である新潮社が増刷しても店頭入荷すればすぐ売り切れる有様。ふつう上下巻のような分冊の小説は、最初の巻だけがどんどん売れて、下巻や二巻以降は残りがちなのですが、『１Ｑ８４』は二冊セットで飛ぶように売れたばかりか、「ＢＯＯＫ１」が品切れていると仕方なく「２」から買っていくひともいたほどでした。一年後の二〇一〇年の四月に発売された「ＢＯＯＫ３」にも予約が殺到、発売前から増刷が決まっていたくらいです。

新聞やテレビなどさまざまなメディアでも、『ノルウェイの森』をはじめとする数々のベストセラーを持ち、なおかつ文学的な評価も高い稀有な存在、村上春樹の人気と実力があらためてとりあげられましたし、ここ数年は、秋になると彼がノーベル文学賞の有力候補と報道されるのも恒例になっています。国内では谷崎潤一郎賞や讀売文学賞、海外でフランツ・カフカ賞やエルサレム賞を受賞、作品への個々の好き嫌いはあれ、村上春樹が現代日本を代表する小説家（のひとり）であることには、もはや誰も異論がないでしょう。

けれどもそんな村上春樹が三十年前、いまから振り返ればとってなんの不思議もなかったのにとりのがした、そしてもうとることのない賞がひとつ、あります。

自分に与えられなかった、そして与えられるべきだっただろうその賞について、「ＢＯＯＫ１」の第2章で村上春樹は触れています。ふたつに分かれる世界の一方の主人公、予備校勤めをしながら小説家を志望して新人賞への投稿を続ける「天吾」と、彼に才能を感じて連絡をとる腕利きの編集者・小松の、こんなやりとりです。


「俺が考えているのはね、もう少しでかいことなんだ」と小松は言った。

「でかいこと？」

「そう。新人賞なんて小さなことは言わず、どうせならもっとでかいのを狙う」

天吾は黙っていた。小松の意図するところは不明だが、そこに何かしら不穏なものを感じ取ることはできた。

「芥川賞だよ」と小松はしばらく間を置いてから言った。

「芥川賞」と天吾は相手の言葉を、濡れた砂の上に棒きれで大きく漢字を書くみたいに繰り返した。

「芥川賞。それくらい世間知らずの天吾くんだって知ってるだろう。新聞にでかでかと出て、テレビのニュースにもなる」


（『１Ｑ８４』）

わずか数行のなかで、三度も（それもセリフの冒頭で）繰り返し呼ばれるこの賞の名前は、たしかに小松の言うとおり、毎年二回、一月と七月に、もうひとつの賞と並んで「芥川賞・直木賞受賞者決定」などと新聞やテレビで大きくとりあげられます。受賞者は、講演などに行けば「芥川賞作家・○×△之介さん来訪」などとかならず肩書がつきますし（「谷崎賞作家」とか「讀売賞作家」とつくことはほとんどありません）、直木賞をもらった知人によれば提示される講演料はそれ以前の十倍。発表／掲載誌となる「文藝春秋」や「オール讀物」の三月号、九月号はふだんよりも多く刷られて、いつもなら置かれないコンビニや駅売店の棚でも「芥川賞・直木賞発表号」の釣り書きとともに売られます。

それだけ目立てば、小説好きのヘビー・ユーザーはもちろん、年に何冊かは小説を読む習慣のあるひとたち、さらには文学や小説にひごろはあまり関心がないひとや、昔は読んだけれどいまは読まなくなったひとなどのライト・ユーザーにも、芥川賞・直木賞受賞者の名前は知れ渡ってゆきます。だから小松は「でかいこと」と言うわけです。

逆に言えば、数多ある「文学賞」のなかで、「世間知らずの天吾くん」すらもが知っているほどのメジャーな賞は、芥川賞と直木賞のふたつしかありません。じつのところ、それらふたつの賞にしても、芥川賞が純文学の有望な新人に与えられる賞で、直木賞が大衆文学の実績ある中堅に与えられる賞である、というところまでは、「世間知らず」でないひとたちにもあまり認知されていないのですが、ともあれ「芥川賞作家」や「直木賞作家」であれば、「よくわからないけどすごい作家なんでしょう?」程度の認知は、こんにち一般にもなされています。

そんなふたつのメジャー文学賞のうち、若き村上春樹が受賞できなかった(いまとなっては「選考委員が授賞しそこねた」と言った方がよいかもしれません)のが、芥川賞でした。新人を対象とした賞である以上、いまからとることもむろんありません。

日本プロ野球の新人王に、いまやメジャーを代表する打者であるイチローや、三度の三冠王を獲得した史上最強打者である落合博満が無縁で、今後とることもないのと似ていますが、出場試合数や実績などにかなり厳しい基準があって文字通りの「新人」かそれに準ずる者でないと対象にならない野球のそれと違って(だから逆にイチローは、NPBで九年の実績があっても、MLBでは「新人」扱いで新人王をとれたのですが)、じゅうぶん実績があっても「若手」と判断されれば十年目くらいまでは対象になる芥川賞を、村上春樹がとれなかったのはなぜなのか。そもそも、なんで芥川賞(と直木賞)だけがこれほど話題になるのか。まずは、そのことについて考えてゆきます。

第一章 「でかいこと」としての芥川賞

芥川賞の力

「もし芥川賞をとれたとして、それからどうなるんですか?」と天吾は気を取り直して尋ねた。

「芥川賞をとれば評判になる。世の中の大半の人間は、小説の値打ちなんてほとんどわからん。しかし世の中の流れから取り残されたくないと思っている。だから賞を取って話題になった本があれば、買って読む。著者が現役の女子高校生ともなればなおさらだ。

(…)」

(『1Q84』)


「小説の値打ち」がなんであるかや、誰がどう決めるか、ひとびとに「小説の値打ち」がほんとうにわからないかどうかはともかく、『1Q84』の登場人物・小松が言うような状況は、今日の社会にたしかにあります。石原慎太郎『太陽の季節』の昔から、村上龍『限りなく透明に近いブルー』を経て、綿矢りさの『蹴りたい背中』と金原ひとみの『蛇にピアス』……現役学生という意味では、広告にでかでかと「現役早稲田大生、平成生まれの二十歳デビュー作」と書いてある、朝井リョウ『桐島、部活やめるってよ』なんかも「現役学生」という「話題」

が評判を後押しした一例でしょう。

なかでも芥川賞は、あくまで「新人賞」とはいえ、東京築地の料亭・新喜楽で夕方から行われる選考会の直後から、全国ネットのNHKニュースをはじめ各社のテレビやラジオ（いまであればネットも）で速報、一時間後には丸の内の「東京會舘」で大々的な記者会見がセッティングされます。その模様は当夜の報道番組や翌日の新聞、さらには翌日以降に発売される週刊誌・月刊誌などでも報じられ、それまで「知る人ぞ知る」的に地味な「純文学若手作家」だった存在が、一躍「ときの人」となるわけです。

芥川賞に限らずほぼすべての賞がそうですが、受賞作が決まる前にまず「候補作」が決まり、一部はそれらの作品名と作者名も公表されます。芥川賞の場合は、主催者である日本文学振興会が、受賞作発表の二週間ほど前に五作前後を「候補作」として公表、それらの作品は直後から「芥川賞候補作」の帯をかけられ、店頭で大々的に売り出され、速報性の重視される新聞などの媒体は、受賞作が決まってすぐプロフィールやインタヴュー記事を掲載できるよう、候補者全員に取材をはじめます（何度も候補になりながら落選した作家は、そのたびに「受賞したときのため」のインタヴューや取材を受けており、それがけっこう負担だったりするのですが）。

候補になっただけでそんな状態ですから、受賞ともなると輪をかけた喧騒が始まります。発表当日や翌日のお祭り騒ぎを皮切りに、受賞作品と選評は、発行六十万部の日本有数の総合月刊誌「文藝春秋」に掲載。発売日には、書店店頭に山と積まれるのはもちろん（全国の書店数が約一万五千軒、コンビニや駅売店で半数が売られるとしても、書店一店舗あたり二十冊が並ぶ計算です）、新聞の全面広告や列車の中吊り、さらには駅や街頭のポスターと、さまざまな場所に受賞作のタイトルと受賞者名、ときには彼らのポートレイトまでが飾られます。ふだんは小説に関心の薄いメディアや他の産業からも、取材や講演、テレビのゲスト出演などの依頼が殺到し、受賞から数カ月は、プロ野球のドラフト一位指名選手や大型新人アイドル、国政選挙の候補者なみか、それ以上の露出ぶりです。

第一四一回（二〇〇九年上半期）の受賞者、大手商社で勤務する磯﨑憲一郎は、電車の中吊り広告やポスターの近くに立って「誰か気づくかな」と試してみたと対談で語っていましたが、そんな気持ちもわかろうというもの（とはいえ、微笑ましく初々しい彼らがなかば安堵、なかば失望まじりに吐露するように、それだけで気づかれるほどすぐに浸透はしないのですが）。そんなこんなが、「芥川賞をとれば評判になる」と言う、『1Q84』の登場人物・小松の考える「でかいこと」の結果なわけです。

宣伝としての文学賞

とはいえ、芥川賞が誕生した当初は、それとはまったく逆の状況がありました。「芥川賞はなぜ村上春樹に与えられなかったか」を検討する前に、もう少し、賞そのものについて見てゆきましょう。芥川賞と直木賞を考案・創設した、作家であり「文藝春秋社」の創立者でもある菊池寛は、エッセイのなかでこんなふうに書いています。

芥川賞・直木賞の発表には、新聞社の各位も招待して、礼を厚うして公表したのであるが、一行も書いて呉れない新聞社があつたのには、憤慨した。そのくせ、二科（二科展引用者注）の初入選などは、写真付で発表してゐる。幾つもある展覧会の、幾人もある初入選者と、たつた一人しかない芥川賞、直木賞とどちらが、社会的に云つても、新聞価値があるか。あまりに没分暁漢《わからずや》だと思つた。

（「文藝春秋」一九三五年十月号）

マス・メディアと広告代理店さらには流通とが結びついて、もっとも効果的な宣伝広報が模索される今日の大量消費社会と違い、「新聞社の各位も招待」するぐらいが戦略的工夫だった素朴な時代の話ですから、記者諸氏もとんと冷淡なもの。自身の価値判断や慣習に従って「一行も書いて呉れな」かったりするわけで、そんな状況から芥川賞がどうメジャー化したかは後の章にまわすとして、ともあれ、芥川・直木賞の始まった一九三五（昭和十）年は、そんな時代でした。

第一回の芥川賞受賞者、『蒼氓』を書いた石川達三がベストセラー作家になるのは、受賞から三十年後の一九六八（昭和四十三）年。実在の事件をモデルに日米安保闘争直後の学生を描いた『青春の蹉跌』によってですから、芥川賞が社会的な影響力を持つには、まだ時間が必要だったわけです。

とはいえ、菊池寛が「半分は雑誌の宣伝に（…）半分は芥川、直木という相当な文学者の文名を顕彰すると同時に、新進作家の台頭を助けようという公正な気持ち」で始めた両賞は、「芥川龍之介賞は個人賞にして広く各新聞雑誌（同人雑誌を含む）に発表されたる無名若しくは新進作家の創作中最も優秀なるものに呈す」、「直木三十五賞は（…）大衆文芸中最も優秀なるものに呈す」とそれぞれ宣言・規定されましたので、候補にあがった作家たちは、みずからこそが「最も優秀」でありたいと願ったのも自然なこと。『人間失格』や『走れメロス』で知られる太宰治が、当時選考委員だった佐藤春夫に送った有名な手紙に、その心情がよくあらわれています。

拝啓　一言のいつはりもすこしの誇張も申しあげません。物質の苦しみがかさなり死ぬことばかりを考へて居ります。（…）私はすぐれたる作品を書きました。これからもつともつとすぐれたる小説を書くことができます。（…）芥川賞をもらへば、私は人の情に泣くでせう。さうして、どんな苦しみとも戦つて、生きて行けます。元気が出ます。お笑ひにならずに、私を助けて下さい。佐藤さんは私を助けることができます。

「すこしの誇張も申しあげません」と冒頭に書きつけるあたり、かえって手紙文ゆえの心情の誇張を想像させせなくもないですが、ともあれ、そのように旧知の年長者である選考委員に懇願せずにはいられなかったことは、第一回芥川賞の候補に挙がりながらも「入社試験に落ち、鎌倉の山で縊死を計って失敗、つづいて盲腸炎で入院したが、鎮痛のため用いたパビナール（中国とイギリスとのあいだで生じた「阿片戦争」の原因かつ名前の由来ともなったアヘン〔アヘンアルカロイド〕を主成分とする鎮痛剤　引用者注）のため、のちのちまで中毒に悩むこととなった」（永井龍男『回想の芥川・直木賞』）私生活が、「私見によれば、作者目下の生活に厭な雲ありて、才能の素直に発せざる憾みあつた」（川端康成の選評）と、文章を乱しているとされ落選した太宰の、落胆と渇望とをあらわしています。

右の佐藤春夫あて書簡に先立って太宰は、川端に向け、「小鳥を飼い、舞踏を見るのがそんなに立派な生活なのか。刺す、さう思つた。大悪党だと思つた」という文章を発表したくらいですから（「川端康成へ」）、当時すでに『伊豆の踊子』や新聞小説『浅草紅団』などの秀作を持ち、当の昭和十年には『雪国』の発表を開始、新感覚派の旗手として文壇の中心となりつつあった十歳年嵩の川端康成が右のように評したことは、太宰にとって、作品と実生活の両面を全否定されたように感じられたに違いありません。

そんな太宰の切々たる願いも空しく、翌年の第二回発表は「受賞作なし」、第三回に至っては「過去に候補となった者は候補としない」旨の規定が設けられ、太宰治があれだけ望んだ芥川賞を受賞することは、ついになかったのでした。

それから十二年後、『人間失格』を三回に分けて発表しながら入水自殺した彼がみずからの死を思う過程で、かつて芥川賞があれば「どんな苦しみとも戦つて、生きて行けます」と書簡にしたためたことを思い出したかどうかは、むろん定かではありません。ただ、同時期に書かれて死後発表されたエッセイ「如是我聞」の最終回で、かつての川端と同様に自分を蔑んだ志賀直哉に向け、「君について、うんざりしていることは、もう一つある。それは芥川の苦悩がまるで解っていないことである」と書いていた以上、太宰の心に芥川の名前がありつづけたことだけはたしかでしょう。

選考される者たち

さきほどまでは太宰の例を見てきましたが、作家にも、時代性はもちろん、個人差もあります。現代の芥川賞候補者たちも選考会当日は、ひとりで自宅で待つ者あり、気心の知れた友人・知人と酒食を共にする者あり、候補作の担当編集者たちと会社で過ごす者ありとさまざまですし、「受賞の瞬間」を取材したいテレビや新聞などのメディアと一緒のこともあります。

いまから四半世紀前、一九八二（昭和五十七）年に『消えた煙突』で第八七回芥川賞候補になった平岡篤頼は、フランス文学者であると同時にジャーナリスティックな批評家・編集者でもあった彼らしく、テレビのドキュメンタリー番組で落選の瞬間までも公開していましたが、それはあくまで稀な例。「とってもとれなくても作品の価値は変わらない」と賞に過大な期待をしない者であっても、「落ちましたよ」と聞かされる瞬間は快いとは言い難いでしょうし、そんな当人が周囲の居心地の悪そうな感じに気をつかったり偽悪的に荒れてみせるのも、なんとも気の毒な感じがします（とはいえいまなら、みずから進んでUstreamなどでネット中継するひとも出てくるでしょうから、それはそれでおもしろいショウになるかもしれませんが）。

少し前といまとで変わったといえば、昔は「当落の電話が、文藝春秋の担当編集氏の声であれば落選（そのあと選考経過や慰めの会話がひとしきり）、話したことのない日本文学振興会の年配のひとの声だったら受賞（お祝いの言葉のあとに、ハイヤーで記者会見会場に来てくださいとの伝達あり）」と言われたものが、いまは携帯電話のディスプレイに発信者番号が出てしまいますから、「携帯番号なら編集氏個人からだから落選、知らない固定電話からだったら受賞」と、かかってきた瞬間にわかってしまうこと。クジを開く前に当たりハズレがわかってしまうようなものでちょっと味気ないですが、選考会場で待機していた記者からWEBに流れた速報を見て、公式の連絡より先に友人が電話をかけてきたりするのもネットワーク時代ならではですから、そうそう油断もできません。

とはいえ、こんな騒ぎになるのも、先ほど書いたとおりある時期以降の話。たとえば一九五一（昭和二十六）年下半期、第二六回の受賞者・堀田善衞は、「銓衡会のあった夜の、そのあくる朝の新聞を読んで知ったものであった。当時私は電話ももっていなかった」と後に回想しています（「別冊文藝春秋」一九七五年六月号）。当時のそんなスピードは、いま読めば、自分の死亡記事を朝刊で見るにも似たのんびり加減です。

今日だと、ぶじに受賞が決まれば一時間後には受賞記者会見の会場にいて、そこからは前々節に書いたようなお祭騒ぎ。後に同じ会場で行われる授賞式までのひとつきを、何倍、何十倍もの取材や依頼を受けたり断ったりしながら過ごすことになります。受賞者にとっていちばん大きいのは、「芥川賞作家」という肩書がつく結果、小説を発表する機会がそれなりの期間保証されることですが（なにしろ、受賞直後にきた依頼をこなすだけでも、筆の遅い書き手であれば何年もかかったりするのですから）、それに加えて、そんな騒ぎに二度と巻き込まれなくて済むことだったりします。

自分から投稿して審査される多くの公募新人賞や、詩歌や地方の文学賞によくある「自薦も可」の賞とは違い、芥川賞や直木賞の場合は候補作を主催者側が決め、作者には「候補にしてもいいですか？　決まったら辞退できないので、断るならいまお願いします」的な連絡が来るシステムです（実際の手紙はもっと丁寧ですが）。

落選した側からすれば、頼んだわけでもないのに候補にされて（もちろん、太宰のように頼み込んででも候補にしてほしいと願う書き手もたくさんいるわけですが）、選考会でああだこうだとまな板に載せられ、ときには選評でひどい罵詈雑言を投げつけられて「この作品は賞に値せず」と言われるわけです。それも、「受賞したときのための」取材やコメント依頼をこなしたうえでの話ですから、たまったものではありません。

のちに選考委員を務めた開高健ですら、遠藤周作との対談で「「受賞の感想」というものを、なにもきまっていないうちから書かされちゃうんですからね。『貰ったと思って書いてください』なんて。それを候補者みんな、やるでしょう。落ちたら悲劇ですよ」とコボしています。初回や二回目の候補ならともかく、何度もそんな目に遭うと、「いいかげんにしてくれないかな」と思うひともいるでしょうから、解放されてやれやれという気持ちになるのもわかります。

さてさて。『1Q84』の登場人物・小松が「ふかえりが持っている粗削りな物語に、天吾くんがまっとうな文章を与える。(…)あとのことは俺にまかせておけばいい。力を合わせれば新人賞なんて軽いもんだよ。芥川賞もじゅうぶん狙える」と画策していた、小説『空気さなぎ』と、その著者である女子高生小説家・ふかえり（深田絵里子）はどうなったでしょうか。

小松の目論見は当たりすぎて、彼女（たち）の作品は、芥川賞の前段階とも言うべき雑誌の新人賞を受賞した時点で「天才少女作家としてずいぶん評判に」なり、「『空気さなぎ』が掲載された文芸誌はほとんどその日のうちに売り切れ」ます。そのことは、「沖縄に粉雪が舞うのと同じ程度に耳目を引くニュース」となって、小松は「こうなれば芥川賞なんか取っても取らなくても関係ない」と勢い込んでしゃべるのでした。

けれども三冊目の「BOOK3」では、『空気さなぎ』を疎んだひとたちから脅された小松が、「社内で手を尽くして増刷中止、事実上の絶版」にします。もしも『空気さなぎ』が芥川賞をもらっていたら、そんなことを「こっそりと」行えなどしませんから、物語の立場で言えば「とらなくてよかった」ことになるでしょう。

では、そのような物語を書いた作家・村上春樹そのひとの場合は？

彼が芥川賞をとらなかったことも、そうして「取っても取らなくても関係ない」だけの読者やひとびとの賞賛を勝ち得たことも、いまとなっては疑いのないことです。

けれども、彼のデビュー作『風の歌を聴け』が新人賞受賞作として掲載された文芸誌「群像」は、「その日のうちに売り切れ」はしませんでしたし、「沖縄に粉雪が舞うのと同じ程度に耳目を引くニュース」にもなりませんでした。逆に言えば、デビュー当時の村上春樹は、物語中のふかえりとは違い、そして太宰をはじめ他の多くのひとたちと同様に、芥川賞をとるかとらないかが未来を左右しかねないかけだしの若手作家だったわけです。

ですから、私たちはここであの最初の問い、「芥川賞はなぜ村上春樹に与えられなかったか」に戻りましょう。そのことはじつは、驚くほど遠い時代や場所とつながってゆきます。

春樹のデビューと文学賞

一九七九年六月。千駄ヶ谷で「ピーター・キャット」というジャズ喫茶を営んでいた青年マスターは、はじめて投稿した小説『風の歌を聴け』で、講談社の主催する「群像新人文学賞」を受賞、作家としての時間をスタートさせます。当時のエピソードは村上春樹自身がエッセイなどで何度も書いていますが、十代から海外文学に耽溺し、大学の学部も文学部を選んだ青年らしいデビューでした。

一九七〇年八月の夏休み、生まれ育った港町に帰省した大学生の「僕」。地元の友人「鼠」と通う「ジェイズ・バー」や、左手の小指がない娘と過ごす十九日間の情景と、そこに挿入される「僕」の過去の記憶たち。『風の歌を聴け』は、それらのエピソードが、うたた寝の耳にとぎれとぎれ聞こえる点けっぱなしのラジオのように、四十の断章として語られる中篇です。

選出した委員は、佐々木基一・佐多稲子・島尾敏雄・丸谷才一・吉行淳之介の五人。二十世紀を代表する作家であるジェイムズ・ジョイスを翻訳したことでも知られる作家の丸谷才一以外は故人、いまとなっては名前を知らないひとも多いでしょうが、当時はみな五十代から七十代のそうそうたる批評家と作家たちでした。彼らは、選考会の時点で三十代に入ったばかりのいまだ青年の雰囲気を残す新人が、二十一歳の夏を回想するように書いた作品を、次のように評価しています。

「この作品を入選にしたのは、第一にすらすら読めて、後味が爽やかだったからである。(…)。ポップアートを現代美術の一ジャンルとして認めるのと同様に、こういう文学にも存在権を認めていいだろうと私は思った」（佐々木基一）

「『風の歌を聴け』を二度読んだ。はじめのとき、たのしかった、という読後感があり、どういうふうにたのしかったのかを、もいちどたしかめようとしてである。二度目のときも同じようにたのしかった。それなら説明はいらない」（佐多稲子）

「筋の展開も登場人物の行動や会話もアメリカのどこかの町の出来事（否それを描いたような小説）のようであった。そこのところがちょっと気になったが、他の四人の選考員がそろって入選に傾き、私もそのことに納得したのだった」（島尾敏雄）

「『風の歌を聴け』は現代アメリカ小説の強い影響の下に出来あがつたものです。(…) この日本的情緒によつて塗られたアメリカふうの小説といふ性格は、やがてはこの作家の独

創といふことになるかもしれません」（丸谷才一）

「これまでわが国の若者の文学では、「二十歳（とか十七歳）の周囲」というような作品がたびたび書かれてきたが、そのようなものとして読んでみれば、出色である。（…）一行一行に思いがこもり過ぎず、その替り数行読むと微妙なおもしろさがある」（吉行淳之介）

こうやって並べてみると、佐々木、島尾、丸谷各氏の評価には、「ポップアート的」「アメリカのどこかの町」「アメリカふうの小説」という同じ視線があります。「これまでわが国の……出色である」という吉行淳之介の評価も、〝従来の日本的なそれとは隔たっている〟という意味としてとれば前の三人の延長線上にあるともいえ、五人中四人がどこか共通した印象を抱いているかにすら見えます。そのことが、のちに村上春樹を大きな渦の中に巻き込んでゆくことになるのですが、この時点ではまだそれは明らかになっていません。

新人文学賞に「選者たちの一致した意見で当選となった」（佐多稲子選評）、『風の歌を聴け』。しかしその先の道行は決して平坦ではありませんでした。

「群像新人文学賞」は、四年前の一九七五（昭和五十）年に林京子『祭りの場』を、翌年には村上龍『限りなく透明に近いブルー』を受賞作として産みだしたばかりでした。長崎での被爆体験や学徒出陣を描いた四十四歳と、米軍基地の街・福生を舞台にドラッグとセックスに興じる若者を描いた二十四歳。それぞれ作風も描いたものも大きく違いながら、ふたりは新人賞受賞作で同時に芥川賞も獲得していました（次に「群像新人文学賞」受賞者がデビュー作で芥川賞をとるのは、三十年余りを経た二〇〇七年の諏訪哲史『アサッテの人』ですから、ずいぶん長い時間が必要だったわけです）。

七七年には「野生時代新人文学賞」から作家デビューした池田満寿夫が『エーゲ海に捧ぐ』で、また「新潮新人賞」からは高城修三が『榧の木祭り』で、それぞれデビュー作での芥川賞受賞を果たすなど、この時代は文字通りの「新人」に手厚かった時期と言えます。そうした流れのなかでデビューし、順当に芥川賞の候補に挙げられた村上春樹『風の歌を聴け』も、当然、そこに加わる資格があった……はずですが、そうはなりませんでした。

当時の芥川賞選考委員は、井上靖・遠藤周作・大江健三郎・開高健・瀧井孝作・中村光夫・丹羽文雄・丸谷才一・安岡章太郎・吉行淳之介の十名。村上春樹をデビューさせた「群像新人文学賞」の選考委員、丸谷才一と吉行淳之介の名前が見えます。

今日では太宰治賞の小川洋子などごく一部ですが、彼らのほかにも安岡章太郎は「新潮新人賞」の選考委員を務め、開高健と遠藤周作もこの年の前後には公募新人賞の選考にあたっていますから、彼らはムシキングのカードよろしく、自分たちの送り出した新人をそれぞれ携えて芥川賞選考会場を訪れ、ときに応援者として振る舞いもする――そんな時代でした。自分たちが送り出した『風の歌を聴け』について、丸谷・吉行両名は芥川賞選評でこう書いています。

「村上春樹さんの『風の歌を聴け』は、アメリカ小説の影響を受けながら自分の個性を示さうとしてゐます。もしこれが単なる模倣なら、文章の流れ方がこんなふうに淀みのない調子ではゆかないでせう。それに、作品の柄がわりあひ大きいやうに思ふ」（丸谷才一）

「しいてといわれれば、村上春樹氏のもので、これが群像新人賞に当選したとき、私は選者の一人であった。しかし、芥川賞というのは新人をもみくちゃにする賞で、それでもかまわないと送り出してもよいだけの力は、この作品にはない。この作品の持味は素材が十年間の醱酵の上に立っているところで、もう一作読まないと、心細い」（吉行淳之介）

ところが、十人の選考委員のうち、『風の歌を聴け』の名前を挙げて選評で触れたのは彼らふたりを含めても四人だけでした。そもそもが短い選評中での、授賞しなかった作品への言及ですから、選考会での議論のごく一部しか反映されなくて当然なのですが、受賞作となった重兼芳子『やまあいの煙』に対して丸谷才一が書いた「あと味の悪さを捨てようとした結果、苦りのきいてゐない小説を書くことになつたのでせう。そのことをわたしはいささか残念に思ひますが、しかしこの作に見られる優しさはやはり嬉しい」や、青野聰『愚者の夜』をめぐって吉行淳之介が漏らした「どこか未知数の魅力がないとはいえない。しかし、もう一作、読んでみたかった」などの評価と比較して、どちらがどう勝って／劣っているのか、いま読むと微妙によくわかりません。

どれか傑出した作品があって一瞬で決まりでもしない限り、『風の歌を聴け』に授賞しなかったことには、右のふたりが書いているよりも、もうちょっと具体的な理由があるはずです。選考内容が公開されず、状況証拠から探るほかないその秘密を、私たちはもう少し追ってゆくことにします。

春樹と芥川賞

村上春樹のデビュー作、『風の歌を聴け』に芥川賞が授賞しなかった理由はなんだったか。

彼の味方であったはずのふたりの選考委員《しょうにん》のコメントはとりあえず右の通りですから、残るは八人の動向です。

選評で触れたのは、あと二名。「小説の神様」と呼ばれた志賀直哉の弟子で、第一回芥川賞から半世紀近く選考委員を務めた瀧井孝作という御年八十五歳の老作家と、「狐狸庵先生」のあだ名で親しまれ、この前年に『キリストの誕生』という作品を発表した遠藤周作です。

二人の選評を読んでみましょう。前者は「村上春樹氏の『風の歌を聴け』は（…）外国の翻訳小説の読み過ぎで書いたような、ハイカラなバタくさい作だが（…）ところどころ薄くて、吉野紙の漉きムラのようなうすく透いてみえるところがあった。しかし、異色のある作家のようで、私は長い眼で見たい」。後者は「村上氏の作品は憎いほど計算した小説である（…）氏が小説のなかからすべての意味をとり去る現在流行の手法がうまければうまいほど私には「本当にそんなに簡単に意味をとっていいのか」という気持にならざるをえなかった」。

瀧井さんには、「長い眼」ってアンタいつまで生きるつもりだい、しかも一九七九年に「バタくさい」って、とツッこみたくなりますし、遠藤さんのいかにもクリスチャンらしい敬虔さには、ニーチェが「神は死んだ」と口にしてからもう百年だよ、と耳打ちしたくなりますが、それはともかく、ふたりはそんなに全否定、というニュアンスでもなし。とりあえず「懐疑的」あるいは「否定的」としたところで、どうもあんまりすっきりしません。作品に対して積極的・好意的な評価が二名（吉行淳之介は授賞には明確に反対していますが）、否定的・懐疑的な評価が二名として、ちかごろ始まった裁判員制度であれば量刑の決定には全員一致が求められるわけですが、芥川賞の場合はどうなのでしょう。

一九三五（昭和十）年に、菊池寛と彼の率いる文藝春秋社の社員が定めた「芥川龍之介賞規定」「直木三十五賞規定」では、選考対象や正賞（時計）・副賞、それに選考委員や発表媒体については具体で記されていても、選考方法についてはほとんど記されていません。「芥川龍之介賞受賞者の審査は「芥川賞委員」之を行ふ。委員は故人と交誼あり且つ本社と関係深き左の人々を以て組織す」「直木三十五賞受賞者の審査は「直木賞委員」之を行ふ。委員は（……以下同）」とあるだけで、どうやって選ぶかは書かれていないのです。けれども、あれこれ史料をあたっていくと、おおよその流れが見えてきます。

まず、当初は事務局長を、後に芥川・直木賞両方の選考委員を務めた永井龍男が書いた『回想の芥川・直木賞』に描かれた、選考の様子を見てみましょう。

相撲中継が終る頃大抵委員の顔が揃い、芥川賞は階下の広間へ、直木賞は階上の広間へ案内された。広間は二十畳位あるだろうか、床の間もそれに準じて堂々たるもの、その床の間を背にして逆のコの字なりに卓がならび、各委員の席も大方古参新参と自ずと定っていた。（…）進行係はあらかじめ配っておいた候補作の一覧表にしたがって、委員の発言を求める。（…）最初の一と廻りは荒選りというところで、支持者が少ない作品が、各氏の感想が述べられた後まず選から外される。（…）落す作品は落し、二回三回と選を重ねて行くごとに各委員の意見も熱を帯び、二時間にわたる論議となることも珍しくはなかった。

再三の投票に依って、発表の通り二篇が受賞作と決り、「こころの匂い」と「観音力疾走」が次点となった。（…）拙文中、「再三の投票に依って、発表の通り二篇が受賞作と決り」という項は、最初たしか二票だった「エーゲ海」が、再投票ごとに数を増し、遂に「僕って何」と同点まで競り上げられた光景はいまも覚えている。遠藤周作氏ら支持委員の熱意が、そこまで持って行ったので、これほど投票を重ねたのは、第一回以来おそらくこの時だけだったと思っている。

他方、もと上智大学新聞学科教授で書評新聞「週刊読書人」の編集長も務めた植田康夫は、「芥川賞裏話」のなかでこう書いています。

この夜、「太陽の季節」の受賞を終始積極的に主張したのは舟橋聖一と石川達三の二人で、渋々支持したのは瀧井孝作、川端康成、中村光夫、井上靖の四人。不賛成は佐藤春夫、丹羽文雄、宇野浩二の三人だった。(…)「太陽の季節」を支持した舟橋は、「私は(…)肯定的積極感が好きだ」と主張し、これに反対する佐藤は「(…)美的節度の欠如を見て最も嫌悪を禁じ得なかった」と主張、両者の意見は真っ向から対立したのである。(…)この夜の選考委員会は、結局、佐藤が譲歩する形で「太陽の季節」の受賞が決まった。

候補作七篇のうち最後に残った開高健の「裸の王様」、大江健三郎の「死者の奢り」をめぐって意見が分かれた。(…)ついに投票に持ち込み、「裸の王様」を丹羽、佐藤、石川、中村の四人が推し、「死者の奢り」を舟橋、井上、川端の三委員が推した。瀧井は最初に川端康夫の「涼み台」を推した立場から棄権し、四対三に分かれたので、病中欠席の宇野浩二の意見を電話で聞くことになり「どちらかといえば『裸の王様』を推す」という意見で五対三となり、開高の芥川賞受賞が決定したのである。

直近の資料のひとつは、二〇〇一年から選考委員の任にある髙樹のぶ子が雑誌上で語った、「選評《ママ》は各選考委員が候補作すべてに○△×をつけてのぞみますが、私は一作以上に○をつけることを自分に課しています。(…)過半数に達しなければ、その作品は落ちます」(「ダカーポ」

二〇〇六年七月十九日号）です。同じ誌面で、直木賞選考委員の北方謙三へのインタヴューが行われていて、そこでは「最終的に、×評価を取り下げない反対者が一人でもいたら受賞は見送られる」（同）と書かれています。

電子媒体も含めれば、NIKKEI.NETが二〇〇八年の特集記事で、「選考会では各委員が選評を述べた後、○×△の3段階で評価を付ける。○は支持、△は消極的支持または保留、×は不支持という意味を持つ。全員の選評が出尽くしたところで、○は1点、△は0.5点、×は0点と換算して第1次集計に入る。（…）点数が低かったからと言って、機械的に落としてはしまわない。評価の低かった作品に再び検討を加え、念入りに絞り込んでいく。（…）2作程度に絞られた段階で決選投票となる」と書いています。二〇〇九年下半期の芥川賞選考では、石原慎太郎が「（大森兄弟と羽田圭介の作品は）論外として最初から選から外された」と選評に書きました。

時代によって選考の進め方も多少変わっているのに加え、それぞれが言及している選考段階も微妙に違うため、若干の食い違いも見られますが、基本は「消去法的な作品の絞り込み（三段階評価による加点法。下位については議論のうえ検討、落選）→二作前後を残しての最終審査（多数決）→最後に残った一作についての反対者の有無の確認」といった流れが見て取れます。

さて、村上春樹『風の歌を聴け』が議論されていた一九七九年に戻りましょう。右の流れを踏まえ、なおかつ「消極的支持または保留」が可能であるとすれば、決定を左右するのはやはり、明確に意見を表明している委員です。選評で『風の歌を聴け』または村上春樹の名前を挙げて、肯定的な評価をしている者がふたり、否定的な評価をしている者もふたり。ところがよく見るともうひとり、奇妙なかたちで『風の歌を聴け』について評している委員がありました。

「今日のアメリカ小説をたくみに模倣した作品もあったが、それが作者をかれ独自の創造に向けて訓練する、そのような方向づけにないのが、作者自身にも読み手にも無益な試みのように感じられた。」
（大江健三郎）

ここにはただ「作者」とだけ二度書かれていて、固有名詞は挙げられていません。それどころか、作品名すら書かれていない。けれども『風の歌を聴け』以外の候補作は、ほとんどが内容も形式も国内的《ドメスティック》な話で、外国人が主要人物として登場する青野聰『愚者の夜』もオランダ女性（と留学経験を持つ主人公）の物語ですから、右の選評はあきらかに村上春樹と『風の歌を聴け』を指しています。

にもかかわらず、あえて作品名にも作者にも触れようとしないまま、「無益な試み」と切断するこの数行は、十人分の選評のなかでも、飛び抜けて奇妙に見えます。しかしよく読めばその奇妙さは、『風の歌を聴け』とその作者に対する否定のためだけに作られているわけではなさそうです。なぜなら同じ選評で彼は、ほかには受賞者のふたり（重兼芳子と青野聰）にしか触れていない。ある意味『風の歌を聴け』と村上春樹は特別扱いでもあるわけです。

そのように特別扱いしながら大江健三郎が指摘したのは、それがアメリカ小説のたくみな模倣であり、独自の創造とは違う方向にむかっている、という点でした。そういえば、ここまで引用してきた委員たちの言葉のいくつかも、『風の歌を聴け』をアメリカに結びつけていたはずです。

群像新人賞の選考委員・佐々木基一はそれを「ポップアート」と呼び（アメリカン・ポップアートの旗手であったアンディ・ウォーホールが初めて来日したのは、村上春樹がデビューする五年前、一九七四年のことです）、丸谷才一は新人賞では「現代アメリカ小説の強い影響の下に出来あがつたもので」「日本的情緒によつて塗られたアメリカふうの小説といふ性格」を持つと判断し、芥川賞でも「アメリカ小説の影響を受けながら自分の個性を示さうとして」いると褒めています。新人賞での島尾敏雄は「筋の展開も登場人物の行動や会話もアメリカのどこかの町の出来事（否それを描いたような小説）のようであった」と言い、芥川賞の瀧井孝作は「外国の翻訳小説の読み過ぎで書いたような、ハイカラなバタくさい作」だと非難する。そうして大江健三郎は、巧みな模倣が独創へと結びつこうとしていない、その点が無益だ、と言ったわけです。

こうやって並べてみると、それらの評価はどれも、「アメリカ的であるもの」を先行例に置き、それとの関係において善し悪しや特徴を判断しています。前出の「ダカーポ」でも文芸批評家の川村湊が、「この小説（＝一九六九［昭和四十四］年に芥川賞を受賞した庄司薫の『赤頭巾ちゃん気をつけて』引用者注）もアメリカ文学の影響を受けた作品だったんです。しかし、受賞後しばらくして庄司薫は文壇から消えてしまった。そのマイナスイメージが当時の選考委員の頭に残っていたのでは。『風の歌を聴け』もアメリカ文学の影響を強く受けている作品で（…）」と、それこそ『風の歌を聴け』が芥川賞を逃した理由について話しています。

もちろん、村上春樹自身が当初から認めているとおり、彼の作品は初期からアメリカ文学の影響下にあります。しかし、そのことが本当に、みなが示し合わせたように作品を「アメリカ」と結びつけて語ろうとすることの理由なのでしょうか。アメリカ文学の影響を強く受けているのは、川村さんが言うように、村上春樹（と庄司薫）だけの問題なのでしょうか。大江健三郎があのように奇妙な書き方で「模倣と独創」の関係を指摘したのは、なぜだったのでしょうか。

そうして、つまりは……村上春樹が芥川賞を受賞できなかったのは、たんに『風の歌を聴け』と続く『一九七三年のピンボール』が、アメリカ文学の影響を受けすぎていたり、翻訳小説を読みすぎていたり、模倣が独創へと結びついていなかったりしたからだけなのでしょうか。

そのことを考えるために私（たち）は、とりあえず、『風の歌を聴け』と『一九七三年のピンボール』の書かれた一九七九年・八〇年の前後にカメラを向けてみます。

第二章『風の歌を聴け』がアメリカ的であるのはなぜ？

「屈辱」と「依頼」

村上春樹が第二作『一九七三年のピンボール』を発表したのと同じ一九八〇(昭和五十五)年、のちに長野県知事や参議院議員を務める田中康夫が『なんとなく、クリスタル』という小説を、「文藝」という雑誌に発表しました。一橋大学の四年生だった田中さんが、女子大生を主人公にして、本文に多数の注をつけつつ流行のファッションや風俗を含めた若者像を描いて、「クリスタル族」という流行語ができるなど、社会現象を巻き起こしたデビュー作です。

選考委員としてこの作品に新人賞を与えた文芸批評家・江藤淳は、「気障な片仮名名前のコラージュのなかに、「ナウい」女の子を登場させて、しかも(…)古風な情緒で「まとめてみた」点は、まことに才気煥発、往年の石原慎太郎と庄司薫を足して二で割った趣きがある」と評価しました。

江藤淳というひとは、東京タワーが完成する一九五八(昭和三十三)年から、村上春樹のデビューの前年である一九七八(昭和五十三)年にかけて、二十一年の長きにわたり、あちこちの新聞や雑誌で文芸時評(その月に発表された小説や評論、詩などについて批評する連載)を書いてきた批評家で、つまりは当時、同時代の小説をジャッジする第一人者のひとりでした。大江健三郎がデビューしたときにいちはやくその才能を激賞し、そのことを誇りに思うと言って憚らない、「空手バカ一代」ならぬ「小説バカ一代」みたいなひとです。

そのひとが絶賛して出てきた田中康夫ですから、さぞかし世間的にも高評価だろうと思いきや、（右に書いたように社会現象にはなったものの）他の作家や批評家、編集者といった文学関係者の反応は、芳しいものではありませんでした。

そのことについて、江藤淳の次の世代の文芸批評家である加藤典洋が一九八二（昭和五十七）年、田中康夫の『なんとなく、クリスタル』と江藤淳の評価について、次のように書いています。

田中の小説に江藤がみた「批評精神」とは、実はアメリカなしにはやっていけないという、この小説の基底におかれた「弱さ」の自覚なのではないか。（…）ここでぼくがいいたいのは、戦後の日本にとって「アメリカ」というのは、大きい存在なのではないか、ぼく達が考えているよりずっと深くアメリカの影はぼく達の生存に浸透しているのではないか、そしてぼく達を「空気」のように覆《おお》っている「弱さ」はこの、アメリカへの屈従の深さなのではないか、ということである。

（『アメリカの影』）

そう、ここでも「アメリカ」が出てきます。戦後の日本にとって「アメリカ」というのは、自分たちが思っているよりずっと大きな存在だったのではないか——一九八二年の加藤典洋はそう仮定して、もうひとつ別の小説を彼の論に導入します。その小説とは『限りなく透明に近いブルー』。村上は村上でも、春樹ではなく龍のほう、ときに「W村上」などと呼ばれもしたペアのもう一方が、ここで呼び出されるのでした。

その四年前にデビューした村上龍が、『限りなく透明に近いブルー』で群像新人文学賞と芥川賞をダブルで受賞したことはすでに書きましたが、そのことでもわかるとおり、『なんとなく、クリスタル』とは違ってこちらは一般の読者にもマスコミにも、そして選考委員も含めた文学の世界のひとたちにも、大歓迎されました。けれども江藤淳は、『限りなく透明に近いブルー』を認めようとはしなかった。

基地の街に生きる若者たちを題材としてアメリカと日本の関係を「占領被占領に近い」かたちで描いた『限りなく透明に近いブルー』と、ブランド品の名前を羅列してアメリカ的消費社会を受けいれる日本をそのまま小説に再現した『なんとなく、クリスタル』。どちらもアメリカとの関係を描いた小説でありながら、『限りなく透明に近いブルー』は日本の文学界に受け入れられ、『なんとなく、クリスタル』は（加藤さん言うところの）「生理的な」「一種の集団的ヒステリー」を引き起こしたのはなぜなのか。江藤淳が、前者を全否定して後者を肯定したのはなぜなのでしょうか。

右の加藤さんは、いっけん矛盾する江藤さんのふたつの反応の理由を、〝戦後の日本がアメリカに依存していることを誰もが知っているのだけれど、それを口にするのはタブーになっている〟ということに由来するのではないか、といいます。そのタブーを、『限りなく透明に近いブルー』と『なんとなく、クリスタル』というふたつの小説が、違う方向から刺激したのではないか、というのです。

日本文壇（？）は、日本はいまアメリカなしにはやっていけないという思いをいちばん深いところに隠しているが、それを、アメリカなしでもやっていけるという身ぶりで隠蔽《いんぺい》している。アメリカなしでもやっていける、という身ぶりが身ぶりでしかないのは、彼らが貧乏を恐れている（！）からである。（…）彼らの本音が『なんとなく、クリスタル』にあらわに現われていればこそ、彼らはこの作品に生理的な反応を生じているのである。（同）

一九八〇年代末から九〇年代にかけてのバブル経済と崩壊、さらにその後のアメリカ主導グローバリゼーション下の政治経済を経験した、今日の私たちから見れば、右の二カ所で引用した加藤さんの認識も、さして意外なものには感じられないでしょう。小泉純一郎政権があられもなく示した新自由主義的なアメリカ志向や、鳩山由紀夫政権が沖縄の米軍基地移転をめぐって右往左往する姿も記憶に新しいいま、戦後のこの国が、アメリカとの関係なしにはありえなかったしいまなおありえないことは、二十一世紀初頭の現在、よりくっきりと自覚されているはずです。けれども、三十四歳の加藤典洋が、デビュー作であるこの『アメリカの影』に、意を決して右のように書きつけた一九八二年当時は、日米安保や学生運動の時代の記憶もなまなましかったがゆえ、「アメリカなしにはやっていけないという思いを（…）アメリカなしでもやっていけるという身ぶりで隠蔽」することが、求められていたのかもしれません。

なにしろいまを遡ることほぼ三十年。一九四五（昭和二十）年の終戦から現在までの時間の折返点を少し過ぎたころの話です。今日の私たちが八〇年代を思い出す程度には、「終戦」は間近な過去としてあったことでしょう。

そんなわけで、右の前提のもとで『アメリカの影』は、『限りなく透明に近いブルー』と『なんとなく、クリスタル』を皮切りに、同時代の日本文学と「戦後日本」との関係を、アメリカとの影響関係を論じた江藤淳の著作（『成熟と喪失』ほか）を参照しながら語り明かしてゆきます。

アメリカに直接反発する「情動的なナショナリズムの叫び」を江藤淳が批評した戦後日本も（その写し絵としての『限りなく透明に近いブルー』も）、それを批判して田中康夫の作品を全肯定する江藤さん自身も（もちろんその対象である『なんとなく、クリスタル』じたいも）、いずれもがじつは日本を「限定し、承認する」アメリカ、つまり抑圧するけれどそのことによって承認もするという、両義的な上位者を前提としている、というのです。そうしてそれは、政治的にも経済的にも「日本という「国家」が、戦後はちょうどやどりぎのように「アメリカ」に致命的に依存、寄生する存在として成立してきた」ことの帰結だ、と加藤さんは書くのでした。

政治史的・文化史的に、またそこで生きるひとびと（＝我々、ですが）の実感に、彼の言っていることがすべてぴったり該当するかはともかく、小説の話に限れば、右に挙げた二作品をめぐる評価は、ごく一部の例外を除いてたしかにそのようなものでした。村上龍が『限りなく透明に近いブルー』で描く基地の街の青年が、かつて米軍住宅だった部屋を舞台に送る乱れた生活に秘めた「屈辱《はぎしりすること》」にも、田中康夫が『なんとなく、クリスタル』で示した消費主義社会（を導くアメリカ）への享楽的な「依頼《たよりにすること》」にも、戦後日本におけるアメリカへの無意識的な依存（とそれへの逆説的な批判）を読み込むことができたのです。

「きわめてアメリカ的」であること

では、一九七六年の村上龍と一九八〇年の田中康夫とに挟まれた、一九七九・八〇年の村上春樹はどうだったでしょう。

先に参照したとおり、村上龍と田中康夫はそれぞれ、基地の街で米兵やコールガールに囲まれて生きる青年と、消費社会化した東京の街でブランド品に包まれて生きる女子大生を描くことで、一方は「屈辱《はぎしりすること》」として、もう一方は「依頼《たよりにすること》」として、自分たちとアメリカの関係を作品化しました。

言わばそれは、本質的には「アメリカではないもの」として自己を（無意識にも）規定している青年と女子大生が、自分とアメリカの関係をどう捉えるかの物語であり、だからこそ両者は視点をあくまでアメリカの外部に――「外部」としての八〇年前後の日本人の若者に――置いていました。そのうえで、「アメリカの外部であるところの主人公」が持つ「対アメリカ」の認識や、関与する態度そのものの違いが、作品の性質の違いとして現れていたのです。

それに対して、村上春樹『風の歌を聴け』とその主人公は、両者よりはるかに直截に、ほとんどあられもなくアメリカを志向して見えます。

『風の歌を聴け』は、こんな物語です。「デレク・ハートフィールド」というアメリカ人作家の作品に出会った中学三年の夏休みをきっかけに、「僕」は「書くこと」について考えるようになります。ジューク・ボックスとピンボールを備えたアメリカン・テイストの「ジェイズ・バー」に通い、「レイニー・ナイト・イン・ジョージア」や「フール・ストップ・ザ・レイン」が流れるラジオで「カリフォルニア・ガールズ」を聴き、映画館でプレスリーを観てデートし、アイゼンハワーやケネディを話題に友人と話す……具体的な地名が（とりわけ主人公の現在の時間に）ほとんど出てこないことや、全編を通じてラジオから届く音楽が洋楽（アメリカン・ミュージック）ばかりであることも手伝って、そこでの主人公は、アメリカを志向しているというより、まるでアメリカで暮らしているかのようです。

彼らはまるで外車好きのアメリカ人のようにイタリアのフィアット600やドイツのベンツ、イギリスのトライアンフTRⅢに乗り（つまり、一九七〇年代に急増した日本車の対米輸出をいっさい無視して）、バーでフランス人に「ベースボール」のルールを教え、「J・F・ケネディー」の言葉を会話に引用する。その姿は、基地＝占領の歴史を刻み込まれた街でアメリカに屈辱を感じて憎悪する日本人でもなければ、人工的に作られた「おしゃれな街」でブランド品を買い漁ってアメリカっぽくファッショナブルになろうとする日本人でもなく、戦前から﹅﹅﹅の貿易港であるがゆえにあまりに自然にアメリカが混在している港町で暮らす、「日本人＝アメリカ人」の姿です。

いちばん象徴的なのは、主人公が「ジェイズ・バー」からの帰り道、題名も思い出せないまま「ミッキー・マウス・クラブの歌」を口笛でずっと吹いている場面かもしれません。彼はそこで書きます。「「みんなの楽しい合言葉、／MIC《エムアイシー》・KEY《ケーイーワイ》・MOUSE《エムオーユーエスイー》」／確かに良い時代だったのかもしれない」

批評家の坪内祐三は、『アメリカ　村上春樹と江藤淳の帰還』で、雑誌掲載された『風の歌を聴け』に出会ったときのことをこう書いています。

「風の歌を聴け」は私の心をわしづかみにした。(…)「風の歌を聴け」は、当時私が愛読していたアメリカのある小説に、その雰囲気や構造がどこか似ていた(…)それはスコット・フィッツジェラルドの『偉大なギャツビー』だ。

そうして坪内さんは、当時まだデビューしたてだった村上春樹がインタヴューを受けた雑誌(「カイエ」一九七九年八月号)から、こんなセリフを引用しています。

気に入った作家は他にもいるし、もっと感動した作品だってあるのだが、気持の通じ合う作家ということになるとその数は極めて少ない。というよりは、僕にとってそう呼び得る相手はフィッツジェラルド一人しかいない。

　ぼくなんかずーっとアメリカの本ばっかり読んでるでしょう、日本の本読まないで。（…）だからフィッツジェラルドの宗教的な道徳性と、それからいわゆる現実の消費社会との相剋みたいのが、ものすごく強く感じられる。

『風の歌を聴け』は作品それ自体も書き手自身もきわめて「アメリカ」的な小説なのである——群像新人文学賞や芥川賞の選考で、幾人もの選者たちがそう捉えたことは、もちろん正しかったはずです。そして彼らは、褒めるにせよ否定するにせよ、その新人（村上春樹）がほとんど無自覚に、あるいは憧れて懸命に模倣したように、そのアメリカ性を見ていました。

けれども、江藤淳や加藤典洋の手を借りて、村上龍『限りなく透明に近いブルー』や田中康夫『なんとなく、クリスタル』と『風の歌を聴け』とをこうして見比べたとき、村上春樹のアメリカとの関係が、村上龍や田中康夫のそれとも、また単純に憧れて模倣しているのとも違うことが、わかってきます。

先に書いたように、村上龍的な「屈辱《はぎしりすること》」も、田中康夫的な「依頼《たよりにすること》」も、本質的には「アメリカではないもの」として自己（とその視点）を規定してこそ生じる視点でした。彼らにとってアメリカはあくまで「外部」であり、だからこそ逆に「日本」は疑われていなかった。加藤典洋が指摘した、「限定し、承認するアメリカ」を無自覚に前提としてしまう（あるいは見なかったことにする）日本は、自分とアメリカとが別のものだという、いっけんあまりに当然の、さらに基底的な前提があるからこそ、可能だったわけです。

しかし、すでにして「日本人＝アメリカ人」であるような『風の歌を聴け』の「僕」たちにとってアメリカが外部でないならば、そこには屈辱も依頼も存在しません。それはもはや模倣ですらなく、ただそのようであることです。

「ただそのようであること」と「模倣すること」に違いを見出してしまうのは、じつは、「そのようである」ないしは「模倣している」主体の位置を、どこに設定するかによります……などと書くとちょっと抽象的すぎてわかりづらいので、村上春樹をそのまま例に使ってしまえば、彼がアメリカやその作家を模倣しているように見えるのは、彼が「日本人である」という前提が疑われていなかったからでした。

アメリカの小説を模倣することがわざわざ指摘されて、（村上春樹の場合に限らず）日本の小説の模倣がほとんど指摘されないのは、彼が日本人である限り、アメリカ人の小説を模倣するのは恥ずべき「サルマネ」だが、日本人の（たとえば芥川の、太宰の、漱石の……）小説を模倣するのは、正しく「影響を受けた」だけである、という考え方がどこかにあるからです。

　けれども／だからこそ、村上春樹は、日本人としてアメリカに憧れ／屈辱を感じ／模倣するのではなく、きわめて自然に（つまりなんの言い訳もなく）アメリカ的であることを選択したのだ、と言うことができます。フィッツジェラルドがただひとり「気持の通じ合う作家」だと言い切る書き手と、「ミッキー・マウス・クラブの歌」を題名すら思い浮かばないくらい身体に密着したものとして持つ主人公。彼らにとって、「みんなの楽しい合言葉、／MIC・KEY・MOUSE」の「みんな」には、疑いなく自分たちが含まれています。彼が口笛を吹いていたのは、東京ディズニーランドができて、日本中の子供たちがちゃんと「みんな」になるはるか前、まだ建設計画も発表されていない一九七〇年という設定でした。そのとき彼だけが、〝アメリカ〟が身体のOSに一部組み込まれていることに自覚的だったのです。それはほとんど、自分を〝アメリカ人∽《であり》日本人〟のように感じることでした。そんな思い込みはもちろん、いっけん滑稽きわまりないものに見えます。だから、とりあえずは、『風の歌を聴け』に芥川賞が授賞されなかったのは、まさにその滑稽な「バタくささ」ゆえと言ってもよいでしょう。

　しかし、そのことが本当に意味しているのは、もうちょっと複雑な構造でした。

村上春樹だって、人種的な意味で、あるいは自分の生きてきた空間や時間が、ほんとうにアメリカ人／アメリカである、などとは思っていないでしょう。あれこれに記載された来歴を素直に信じるならば、彼は京都に生まれて西宮と芦屋に育ち、神戸の高校を出て東京の大学に入ります。学生結婚をして国分寺にジャズ喫茶を開き、のちに千駄ヶ谷に移転、店にほど近い野球場で小説を書くことを思い立ち、書き上げて新人賞に投稿します。当時の千駄ヶ谷がアメリカ領だったという話も聞きませんし、両親がじつは日系アメリカ人だった、という話も聞きません。

そういう彼が、「きわめて自然に（つまりなんの言い訳もなく）アメリカ的である」とは、どういうことなのか。村上龍や田中康夫のようにアメリカを外部から対象とすることと、アメリカそのものである（あろうとする、ですらなく）こととの違いは、いったいなんのために、あるいはいつ、どこに始まっているのか。

その謎を追っていくと、気付けばまるで違う景色が見えてきます。

第三章

「戦争花嫁」としての戦後ニッポン

額縁とフェイク

村上春樹はなぜ、アメリカを外部の対象と設定するのではなく、ごく自然にその中に在ったのか。そうすることでなにをしようとしていたのか。それを考えるには、まず、『風の歌を聴け』のちょっと特殊な構造の話をしなければなりません。

『風の歌を聴け』には、いくつかの、わかりやすい特徴があります。

(1) 食べ物、飲み物、デートで観に行く映画、ラジオでかかる音楽……出てくるさまざまなものが、日本のそれでなくアメリカのものであること。

(2) そこに出てくる人物たちの会話、好きなもの、考え方……出てくるさまざまなひとたちが、日本のそれでなくアメリカっぽいこと。舞台となるバーの名前が「ジェイズ・バー」で、そのバーテンの名前も「ジェイ」であること。

(3) とにかくアメリカっぽいこと。バタくさいこと。

(4) ストーリーの中心は、自分が育った神戸らしき港町で過ごす二十一歳の「僕」の、夏休みの十九日間を描いたものであること。そこで「僕」が、ビーチ・ボーイズのLPを買った店で働いていた、左手の小指がない女の子と恋に落ちること。

(5)……というストーリーは回想で、その「小説」じたいは二十九歳の「僕」によって書かれていること。そのきっかけになったのは、デレク・ハートフィールドという自殺したアメリカの作家の本であったこと。彼から「完璧な文章などといったものは存在しない」と学んだこと。その言葉から作品が始まっていること。

(6)作品の最後は「僕」が、四十年ちょっと昔にマンハッタンのビルから飛び下り自殺したハートフィールドの墓参をするシーンで終わり、「この小説はそういった場所から始まった」とあること。つまり、そこで物語はきれいに最初に戻ること。

こういうつくりを「枠物語」とか「額縁構造」などと言って、しばしば小説や映画、あるいはゲームでも使われる技法です。古くは、ストーリーのなかで語られる「オハナシ」が大きな役目を果たす、アラビアンナイトなどもそうですね。最近だと、吉川英治の『宮本武蔵』を下敷きにした、井上雄彦のコミック『バガボンド』の展開が、そんなふうになりつつあります。

いまふうに言えば、レイヤーが二層になっていて、どこか作り話めいた港町での夏休みの話(物語A)を、それに比べるともうちょっとリアリズムめいた現在の告白(物語B)が外側から包んでいる、という構造です。AとBはだから、ある側面では「過去と現在」という地続きの話であるとともに、「語られているオハナシ」と「それを語っている、というオハナシ」という、立体構造でもあるわけです。

で、どちらかというとAの話が圧倒的に「アメリカっぽく（バタくさく）」て、Bの話は「アメリカ小説を読んでいる日本人の僕」という感じで、その全体をデレク・ハートフィールドが貫いているのですが、そこに、もうひとつ大事な特徴が加わります。

(7)「デレク・ハートフィールド」という小説家は実在しないということ。

作中ではまったくそう書かれていませんし、当時リアルタイムで読んだひとたちは「そういう作家がアメリカにいるのか」と信じたかもしれません。けれどもいまやインターネットでいくらでも調べられますし、じつは一九七九年の時点で村上春樹自身が「でっちあげ」だと話しています。

さあ、困った。全体を包んでいた外側の枠組みが、一気に「嘘です」ということになりました。そこが嘘だと、「過去と現在」とつなげて考えれば過去のハナシもぜんぶ嘘になるし（存在の分母にマイナス1がかけられたようなものです）、立体構造だと考えると、どちらかというとフィクションっぽかった夏休みのハナシのほうが、逆にリアルかもしれない、という可能性が出てきますし、そのどちらからいっても、この小説全体が身にまとっていた「アメリカ」

っぽさはなんなのか、ということになるわけです。村上春樹がフィッツジェラルドに親しみを覚えていた（と言っていた）のは本当ですし、その後を見ても、アメリカ的なものと親和性が高いのもたしかです。ならば、なぜこういう枠組みを作ったのか……。

しかしここで、群像新人文学賞の選考委員、佐々木基一のコメントを思い出すと、事態はきれいにほどけてきます。そこで彼が書いたのは、「ポップアートを現代美術の一ジャンルとして認めるのと同様に、こういう文学にも存在権を認めていいだろう」というコメントでした。

たしかに、アメリカン・ポップアートの世界では、ある種の「フェイク」がそれ自体アートとして成立しています。しばしば例にあがるのは、マリリン・モンローや「キャンベル」スープ缶のシルクスクリーンですね。それらは写真そのもの、缶そのものからズレたフェイクであることで、アートとして成立しています。村上春樹が作ろうとしたものが、同じものだとしたら？　翻訳家で英文学者の都甲幸治が二〇〇七年に書いた「村上春樹の知られざる顔——外国語版インタヴューを読む」によれば、村上春樹は『風の歌を聴け』（と『一九七三年のピンボール』）について、あるインタヴューでこんな発言をしています。

最初の二冊で僕がしようとしたのは、伝統的な日本の小説を脱構築することです。脱構築とはつまり、中身を全部抜き出して、骨組みだけをのこすという意味ですね。そして、なにか新鮮で独創的なものでその骨組みを満たす必要がありました。

そこに、幾重にも計算された村上春樹の戦略を垣間見ることができます。そもそもが、「伝統的な日本の小説の脱構築（「中身を抜き出して骨組みだけをのこす」こと）」を意図して書かれたというこの小説は、だから、第一には「日本文学」のパロディなわけです。しかし、そこに入れる「新鮮で独創的なもの」には、「アメリカ」が選ばれた。それも、伝統的な「アメリカ文学」ではなくて、キッチュでフェイクな「ポップアート」としてのアメリカが、です。

村上龍や田中康夫のように、アメリカを「外部」として捉えてそれに「屈辱《はぎしり》」あるいは「依頼《たよりに》」しようとすると、対象となる「アメリカ」は、それ自体「ホンモノ」でなければなりません。けれどもアメリカ自身はどうかというと、ウォーホールのようにポップでキッチュ、そして複製・大量生産的なのですから、どちらかといえば、そういう「ニセモノ性」を真顔でやることのほうが、「新鮮で独創的な」アメリカを捉えることにもなるわけです。そのとき、ストーリーの枠であり軸である「デレク・ハートフィールド」をフェイクとして設定すれば、まるでオセロを裏返すように、一気に全体がキッチュでフェイクなものとなる……。

『風の歌を聴け』のこうした構造は、村上春樹を村上龍や田中康夫よりずっと「アメリカ」に近づけたとともに（だから、選考委員たちの判断は間違っていません）、しかしその「アメリカ」の定義が彼らとはまったく違ってもいる（だから選考委員たちは、同時に大いなる読み違いをもしていたことになります）。だが、いずれであっても、日本文学の枠組みにアメリカを充塡することにおいて村上春樹は、「アメリカに依存し模倣する日本と日本人」を、自分自身の姿と作品とで再現したことになる……という、何重にも模倣を重ねてしかしそのことで同時代の（ポップな）アメリカ的であるような、きわめて複雑で倒錯めいた試みが完成することになります。それはほとんど、〝アメリカン・ポップアートとしての日本〟を発見することであり、それを引き受けた日本人として、アメリカを「擬態《やってみ》」することでした。それは結局、無意識のうちにアメリカ的な日本、に対する批評的な作業をすることでもありました。

村上春樹のそんな試みは、「アメリカ」を自分とは反対の側に「こういうものだ」と設定し、そのことによって「アメリカなしにはやっていけないという思いを（…）アメリカなしでもやっていけるという身ぶりで隠蔽」してきたひとたちには、ほとんど伝わらなかったことでしょう。ただひとり、あの奇妙な選評を書いた大江健三郎だけは、おそらく違っていたのですが、そのことはまた少し後で書くことにして、そんなわけで『風の歌を聴け』は、「きわめて正しい誤読」とでも呼ぶべきものによって、その「アメリカ」性を指摘され、忌避されることになったのでした。

そんな状況は、次の『一九七三年のピンボール』でもほぼ同じように繰り返されることになりますが、その前後の芥川賞受賞作を見ながら、もう少し根の深い「芥川賞はなぜ村上春樹に与えられなかったか」について、遡ってゆくことにしましょう。

物真似鳥と日本人

『風の歌を聴け』が拒絶されて半年後、一九七九（昭和五十四）年下半期の芥川賞は、森禮子『モッキングバードのいる町』に授賞されます。

アメリカ中南部の町で白人の夫と暮らす日本人妻の生活と感傷を描いたこの小説は、いまではほとんど語られることがなくなりましたが、当時は、選考委員の丹羽文雄に「いつかはこういう小説にめぐり会えると、私は長いこと待っていた」とまで歓迎されていた作品でした。

「下士官ながら三十年あまり軍隊を勤めあげ」た「ジェフ」と結婚して二十四年、「生まれ育った母国で過したよりも三年永い歳月」を、アメリカで「衣食住のすべてについて夫に依存的になり、(アメリカの　引用者注) 常識を重んじる夫の轍にあわされた女に仕込まれて」「物真似鳥《モッキングバード》」として暮らした「戦争花嫁(＝敗戦を契機に占領軍人と結婚した敗戦国女性)」である主人公「圭子」が、よく似た環境で子殺しを犯した「ジェーン」や、ネイティヴ・アメリカンの青年との不倫に破れて日本に帰ることになる「スウ」(彼女たちは、どちらもアメリカ名を持った日本人女性です)のなかで、「異国の生活習慣は従えば従うほど、心が乾いて」、「わたし自身はどこにも見出せない気がする」のだと、自分のアイデンティティに悩みながらも、結局、日本に帰ることはない、という物語です。

最後、自分と同じように白人社会に染まろうとしていたネイティヴ・アメリカンの青年が望郷の祭に加わっているらしき姿を見てもなお、圭子は「ケイコサン、ナニカンガエテイマスカ」と語りかける親日派のスウの夫「フィル」に「ドゥ・ナッシング(何も)」と答えて作品は終わります。

フィルの口癖であり、圭子の夫ジェフが彼をからかって「役立たず」の意味で使う、そうして「無為」や「放置」をあらわしもするその言葉《ドゥ・ナッシング》が、この小説では圭子の日常や人生、さらには「物真似鳥《モッキングバード》」としての彼女たちを象徴するのですが、アメリカでの出来事であるがゆえにそれは、けっして「日本」そのものに批評的に響いてくることはありません。そこでは、「日本の風土にしかない繊細な材料の持ち味を生かした」料理の魅力や、「温暖で、濃まやかな光と翳りに満ちた日本という国の風土」、州の法律で禁じられている焚火が「正月のどんど焼きや落葉焚きなど、庭先で自由に」できたことなどが、ただノスタルジックかつ肯定的に語られるばかり。つまりは戦争花嫁《モッキングバード》が、「やっぱり日本はええなあ、でもアタシはもうアメリカの女やさかい」とあきらめる、というハナシなわけです。

それはまさに、加藤典洋『アメリカの影』が言っていた「限定し、承認する」アメリカとしての米軍人の夫を持つ日本人妻の姿であり、言うなれば彼女たちは、戦後日本人の写し絵であったわけです。

が、あくまでそれを「戦争花嫁」たちだけのハナシと対岸の火事に思いたい選考委員《よみて》たちは、「平板な地方都市での（…）田舎町の退屈の厚味」（中村光夫）とか、「大きな箱に入れられて終点に持ってゆかれる人生、というような息の詰まる気分」（吉行淳之介）、「外地の日本女性の特殊な心境や、その生活をうまく描いている」（井上靖）、「私なら題名を「日本人妻」としたであろう」（丹羽文雄）といった感じでどうにもひとごと。

加藤さんの言うように「アメリカなしにはやっていけないという思いを（…）アメリカなし

でもやっていけるという身ぶりで隠蔽」していたかどうかはわかりませんが、少なくとも、「戦争花嫁《モッキングバード》」たちの姿を自分たちの現在に投影して省みようとは、選考委員の誰ひとりしませんでした。自分たちの妻であったかもしれない女性を「戦争花嫁」として奪われたのだとも、誰ひとり口にはしません。そうして彼らは、アメリカの田舎町での出来事として描かれていることを口実に、まるで自分たちには関係のないこととして『モッキングバードのいる町』を見るのでした。

恥ずかしい父

いったいなぜ、そのような〝鈍さ〟あるいは〝見て見ぬふり〟が生まれるのでしょうか。それは、戦後日本における「父」の問題と、かかわっています。

二章で少し参照した江藤淳の『成熟と喪失』はその冒頭で、安岡章太郎の小説『海辺の光景』を例に、戦後の母と子、そして父の関係について、描きました。

そもそも近代日本の構造では、母子の関係が「ほとんど肉感的なほど密接」であると江藤さんはまず言います。先祖伝来の田畑を守って生きる必要がある農耕定住社会であることが、「家」を守る役目の母親に対する結びつきの強さの背景にあり、それをさらに強化したのが、近代、とりわけ戦後の関係なのだ、と。

まず最初に、近代に成立した「(学校)教育」という装置が、「息子(と母)」に、彼らが置かれた〝現在の状況〟よりも、経済的あるいは社会的に上位の階層に移動することを期待させました。「末は博士か大臣か」という言葉がかつてありましたが、「学校」に行くことは、ベタに言えばその子の出世のため、もうちょっと丁寧に言えば〝(都市)労働力としての自身の生産性を高めるため〟でした。

とりわけ戦後の復興期や高度成長期など、社会が明確に右肩上がりに進むとき、両親からその子供へと世代を跨いで行われる「再生産(=労働力としての人間を、食事や出産によって維持・再生してゆくサイクル)」は、〝子供は(よい学校に行って)親よりも豊かになる〟というファンタジーを至上命題としていました。いわゆる「お受験」とか受験戦争も、その一環です。

その構造と期待は、しかし同時に、彼らがいる〝現在の階層〟を〝いずれもっと豊かになるべき環境〟つまり「乗り越えられるべき劣ったもの」にしてしまいます。それは結果として、いまその〝劣った階層〟に彼らがいる理由であり原因であるところの「家長/父=夫」への「恥ずかしさ」を感じさせることになるでしょう。その〝恥ずかしさ〟を共有していることで、母と子は、ある種の連帯感を持つのだ、というわけです。

ところが、そうした母と子の連帯には、ちょっとした落とし穴があります。息子と母とは、ふたりとも息子の出世を願い、父＝夫を恥ずかしく思っているわけですが、そんなふたりを養っているのは誰なのか。いうまでもなく、〝恥ずかしい〟はずの父＝夫です。自分たちが恥辱を感じ、乗り越えるべき劣った対象と規定している彼によって、ふたりの生活は支えられている……この矛盾を見やすくさせるのが、「戦後」なのだ、と。

『海辺の光景』は、母親が次第に狂気に侵されて行く話ですが、そのきっかけは「敗戦」でした。軍隊から戻り家で結核の療養をしている息子「信太郎」とその母親は、ふたりで「平和とはこのやうなものであり、これだけでしかないのだと思つてゐた」というわけです。けれど、息子も母も働いていないふたりの生活を支えていたのは、じつは軍隊から支払われる、父親のぶんの俸給でした。終戦後も、引き揚げが遅れている（もと）兵士たちの家族には、彼が稼いだぶんの俸給が支払われていました。だから、この信太郎と母親も、働かずに生きてゆくことができていたわけです。

しかし、ついに父＝夫が帰ってきます。その帰還は、ただでさえ〝恥ずかしい〟存在である者の復帰ですが、同時に、戦争中はその不在によって忘れていられた「自分たちは、その〝恥ずかしい〟父＝夫の存在によって生活できているのだ」、という事実に母と子はあらためて直面させられることになるわけです。

ここから息子の「喪失と成熟」が始まってゆくのだ、というのが江藤さんによる同書の論じ始めでしたが、私（たち）はそっちに踏み込むのではなくて、さきほどの「物真似鳥《モッキングバード》」に戻りましょう。

まず、『海辺の光景』を、帰還した夫の側から見てみます。宿命的に「乗り越えられるべき者」ではあっても、戦時中の彼は、そのことを見なくて済んでいたはずです。物理的にも目の届かないところにあり、携わっている「戦争」は価値観の尺度が産業社会やそこでの「教育」とは違いますから、「乗り越えられる」べき劣った階層であることからも、当面は自由です。ある意味、「近代」とその「（学校）教育」が彼に課していた「乗り越えられる」宿命から、戦場にいるときだけは逃れられていた。なおかつ、もしも戦争に勝てば、そのことは彼を〝より強い力を持った者（＝上位者としての父）〟にする、そんな可能性すらあったはずです。

けれども「敗戦」は、彼からそうしたものをすべて奪います。〝より強い力を持つかもしれない者〟から〝負けた者〟となるのみならず、近代の産業社会の枠組みの中にふたたび戻らなければならない。そのことは、彼を〝恥ずかしい〟存在としての父＝夫の位置に戻らせることになる。それだけでなく、もはや兵士でなくなった彼は職を持ちませんから、何重もの意味で〝去勢された父＝夫〟となるわけです。「戦争花嫁」とは、そのように去勢された父＝夫（を持つ可能性）を捨てて、強い父＝夫としての戦勝国の軍人（アメリカ兵）のもとに嫁いだ女性たちのことでした。

その彼女たちを〝自分たちの妻であったかもしれない、奪われた女たち〟と見ることは、敗戦国の父＝夫にとって、去勢された自分たちを確認する行為になります。加えて、アメリカ兵と結婚した女たちに自分たちの現在を重ねることも、「限定し、承認する者」としてのアメリカの庇護下にある自分たちの「弱さ」を見ることになる。結局のところ、戦争花嫁《モッキングバード》を直視することは、〝何重もの意味で去勢された「この私」〟を直視することになるわけです。ならば彼らはそれを対岸の火事として、「外地の日本女性の特殊な心境」（傍点引用者）を巧く描いたものとして処理するしかない、というわけです。

浮かび上がる戦後日本

そんな読者たちですから、〝去勢されない父〟のイメージには、するどく反応します。

『モッキングバードのいる町』に続く一九八〇（昭和五十五）年。『一九七三年のピンボール』は、前作『風の歌を聴け』に続いて、同年上半期の芥川賞候補に挙げられました。

彼がデビューした文芸雑誌「群像」の、一九四七(昭和二十二)年から断続的に現在まで続く名物コーナー「創作合評」では、好意的に期待が表明されていた『風の歌を聴け』に対し(その回の評者は、歌人で批評家の上田三四二、作家の三木卓、仏文学者の菅野昭正でした)、『一九七三年のピンボール』は、どちらかというと否定的に語られていました。批評家の秋山駿と柄谷行人、作家の日野啓三という三人の評者のうち、日野だけが「いまの日本の(…)ある一面は表現していると思う」とやや肯定的で、あとの二人は退屈さを隠そうとしません。

合評するメンバーが違うにせよ、どちらも、「粗筋をいうのがちょっとむずかしい。またいっても、それがどれだけ意味があるか、むずかしいと思う」(上田)、「あらすじと言われても、それを言うことがまったく困難であるし(…)無理やりお話の輪郭を要約してみても、そのことがまるで意味をなさない」(秋山)と表明される小説でありながら、まるで違った評価がなされていることの理由について、本来なら作品そのものの中にある違いを検討するのが筋ですが、村上春樹の初期二作をとりまいた環境について見てゆくことが目的であるここでは、「創作合評」(『一九七三年のピンボール』が論じられた一九八〇年秋には一時的に「読書鼎談」という名前になっていましたが)で、『風の歌を聴け』と『一九七三年のピンボール』がど、ち、ら、も、立松和平の作品と組み合わされていたことのほうが興味深く見えます。

村上春樹と並べられた立松和平の二つの作品は、田舎の市役所勤めの男が芸術祭に出すための絵を描きながら、二人の女との関係に振り回されて絵も完成しないという『火遊び』と、工業化・都市化してゆく農村地帯で建築される団地の横でトマトを栽培して抵抗する若者と、彼にかかわる女たちあるいは家族との関係を描く『遠雷』です。後者はのちに、立松和平の代表作と名指されることになります。

作品の出来不出来はともかく、「公務員」が「芸術」に耽溺する前者は、明治の近代化時期に夏目漱石や森鷗外といった帝大出身者（＝官僚予備軍）が小説を書いた姿の、遅れてきた模倣と言うことができますし、それがベタな性愛によってあっけなく破られることも、近代に対する批判的考察としては意味深です（これらについても詳しくは後で述べます）。後者は、今世紀に入って書かれた橋本治の『巡礼』（ある町にゴミ屋敷ができるまでを、日本の戦後史や経済構造の変化とあわせて見事に描き出していました）と同様、高度成長期の地方都市の構造変化とそこで生きる個人とを捉えていて、社会学的なものと浪漫主義的なものとを照らし合わせています。

そうした、よくも悪くも日本的な、「読書鼎談」の言葉を借りれば「存在感の形を与えようとしている」作品と並べたとき、『風の歌を聴け』や『一九七三年のピンボール』はたしかに軽妙、というか軽薄すれすれに見えたことでしょう。

柄谷行人は、ともにフェティシズムだが立松和平のほうに「見込みがあるような気がする」といい、秋山駿は、「世界の悲しみ」などの語法が空々しい、という。一貫して擁護して見える日野啓三にしても、「われわれの現実すべてを覆うことは出来ないし、最も重い部分をすくうこともできない」と、その軽さへの批判を口にしました。

しかし、この章のはじめの部分でお話ししたように、『風の歌を聴け』は、「アメリカ的なもの」をキッチュかつフェイクなかたちで描くことで、小説の外側にある（私たちがふだん違和感なく、無意識に身を浸している）「アメリカ的なもの」の疑わしさと、「アメリカに依存し模倣する日本と日本人」＝「戦争花嫁《モッキングバード》的な近代／戦後日本人」を浮かびあがらせる行為として読むことができます。なぜなら、はっきりそうはいわなくとも、『風の歌を聴け』の村上春樹は、明確に戦後日本を意識していることが、次の場面に見てとれるからです。

同作の中盤、「全てを数値に置き換えることによって他人に何かを伝えられるかもしれないと真剣に考えていた」主人公が、三番目に寝た相手である「大学の図書館で出会った仏文科の女子学生」の死を知る場面を、村上春樹は次のように書きます。

当時の記録によれば、１９６９年の8月15日から翌年の4月3日までの間に、僕は３５８回の講義に出席し、54回のセックスを行い、６９２１本の煙草を吸ったことになる。（…）

そんなわけで、彼女の死を知らされた時、僕は６９２２本めの煙草を吸っていた。

右の箇所をめぐっては、批評家の渡部直己が『それでも作家になりたい人のためのブックガイド』で、その数字の無意味（が持つ意味）を、「汁粉に塩、喪服に真珠といった村上春樹的キメワザのひとつ」で、「６９２２」という無機的な数字を組み合わせることにより「彼女の死」という「重いものをいっそう重く」見せているのだと指摘しています。レトリック（修辞）の構造としては、たしかにそのとおりですし、そこから敷衍して「村上春樹はただ「思わせぶり」なのだ」と読み解くこともできますが（小説の話に限りませんが、相手を思わせぶりだと感じることと、相手からなにかを読み取れると感じることは、じつは相手の側にはさしたる違いはないのです。そこにあるのは、「感じる」側の様態、相手に対する期待が潜在的であるか顕在化するか、でしかないでしょう）、作品をとりまく環境に焦点をあわせると、右の引用箇所をめぐって交わされる「創作合評」の次の会話が、ひどく気にかかってきます。

菅野　ぼくは好意的に悪口をいうんですけれども（…）八月十五日はどんな学校でも、講義のあるはずないんですね、夏休みですから。
三木　単位を落していたとか……。
菅野　いや、それは普通には考えられないですね（笑）。ちょっと不用意なんじゃないか。あるいは意識的にやっているのか、よくわかりませんけれども。

（「群像」一九七九年七月号）

……と、こんなやりとりなのですが、戦後日本で書かれた小説の「八月十五日」という日付を前に、こういう会話が交わされていることのほうが、「普通には考えられないですね（笑）」ではないか。おふたりのほうが「ちょっと不用意なんじゃないか。あるいは意識的に」その日付の特殊性を無視しているのか……もしかすると、彼らの態度は当時としては奇妙でもなんでもなくて、村上春樹という作家（および、いっけん軽薄な『風の歌を聴け』や『一九七三年のピンボール』に彼が込めたトリッキーな批評性）についての空気が、全体にそのようなものだったのかもしれません。
そんなふうに感じられる原因は、一章で見てきたような、『風の歌を聴け』とその新人作家の「アメリカっぽさ」への、ある意味、過剰にすら見えるひとびとの反応っぷりにあります。

そうして、『一九七三年のピンボール』に対する芥川賞選考委員たちの選評も、どうやらそれを裏づけてしまうもののようでした。

第四章　芥川賞と「父の喪失」とニッポンの小説

候補二回目の反応

『一九七三年のピンボール』はどんなふうに受けとられたか。すこし長くなりますが、大雑把に雰囲気をつかんでもらうため、選評を抜粋していきましょう。とりあえず読みとばして、あとで戻ってもらうのでも、大丈夫です。

「村上春樹さんの中篇小説は、古風な誠実主義をからかひながら自分の青春の実感である喪失感や虚無感を示さうとしたものでせう。ずいぶん上手になつたと感心しました（…）」（丸谷才一）

「清新な文章によって、新世代のスタイルをあらわしているが、散文家としての力の耐久性には不安がある。そのような作品として、村上春樹の仕事があった。そこはまた前作につなげて、カート・ヴォネガットの直接の、またスコット・フィッツジェラルドの間接の、影響・模倣が見られる。しかし他から受けたものをこれだけ自分の道具として使いこなせるということは、それはもう明らかな才能というほかにないであろう」（大江健三郎）

「『一九七三年のピンボール』は、この時代に生きる二十四歳の青年の感性と知性がよく描かれていた。（…）双子の存在感をわざと希薄にして描いているところなど、長い枚数

を退屈せずに読んだ」（吉行淳之介）
「「一九七三年のピンボール」は、筋のない小説で、夢のやうなものだ。（…）ピンボールの流行も夢のやうに消え去つて、しまひに一九七三年にその廃品のコレクションの有所《ありか》がわかつて、それを見に行く場面は一寸面白相だが、それを見ても手も足も出ないで只帰る」（瀧井孝作）
「（…）現代のアメリカ化した風俗も、たしかに描くに足る材料かもしれない。しかしそれを風俗しか見えぬ浅薄な眼で捕へてゐては、文学は生まれ得ない、才能はある人らしいが惜しいことだと思ひます」（中村光夫）
「私は今回、当選作なしを積極的に主張した一人であるが（…）予想通り「羽ばたき」「闇のヘルペス」「一九七三年のピンボール」が最後まで残った」（遠藤周作）
「「一九七三年のピンボール」は、新しい文学の分野を拓こうという意図の見える唯一の作品で、部分的にはうまいところもあれば、新鮮なものも感じさせられるが、しかし、総体的に見て、感性がから廻りしているところが多く、書けているとは言えない」（井上靖）
「一篇だけには未練があった。佳作として発表されることになったのが、丸元淑生君の「羽ばたき」である」（丹羽文雄）
「最後に一作のこって議論が集中したのは丸元淑生氏の作品である」（開高健）

「今回、該当作がなかったのは、いつもにくらべて特に不作だったからというわけではない」（安岡章太郎）

こうやって抜粋してみるだけでも、一部を除いて黙殺されていた『風の歌を聴け』に比べて、それぞれにかなり多くの言葉が費やされ、一定の評価が与えられているのがわかります。

選考委員の顔ぶれは同じで、『風の歌を聴け』でも肯定的な評価をしていた丸谷才一・吉行淳之介のふたりは変わらず肯定（吉行は今回は授賞にも反対せず）、バタくささを批判していた瀧井のじいちゃん（この一年で八十六歳になりました）は「筋のない／手も足も出ない」ことに不満を表明。前回酷評した遠藤周作は、今回は「最後まで残」るだろうと予想しています。

前回の選評での黙殺組のうち、中村光夫と井上靖は、作品には満足せぬものの村上春樹という作家には肯定や期待を表明。丹羽文雄・開高健・安岡章太郎の三名は、あいかわらず無視を決め込んでいましたが、ある意味で、いちばん変化が大きいのが大江健三郎。前回はあきらかに意図的に省略していた「村上春樹」という名前を、積極的評価とともに書き記しています。

『風の歌を聴け』の時点でも、否定だけではないニュアンスが奇妙さのなかにありましたが、この年に行われた、二十世紀後半を代表する作家のひとり中上健次との対談「多様化する現代文学――一九八〇年代にむけて」で大江さんは、こんなことを言っていました。

根っこを洗い出すということについていえば、自分の人間の個としての根っこを洗い出すということもあるし、ぼくたちが所属している共同体、それはおおいににせの共同体でもあるが、その自分たちが属しているものの根っこを洗い出すということの、その二つがあって、それらはもとより小説において統一できるはずのものですね。

「小説の目的」のひとつに、「自分自身」とその「所属する共同体」という、ふたつのものの「根源を求めること」があって、とりわけ後者についてはそれが「おおいににせ」であってもあるからこそ、その過去を洗い出す必要がある……そういう彼の考え方は、村上春樹が『風の歌を聴け』でとった態度とよく似ています。村上龍や田中康夫のように外部の対象としてアメリカを描くのではなく、みずからキッチュでフェイクなポップアート的なア、メ、リ、カ、をやって、み、る、ことで、「アメリカなしにはやっていけない」戦後日本と、「限定し、承認するアメリカ」なしではいられない（自分も含めた）日本人の両方をあぶり出そうとすること――それこそまさに、「根っこを洗い出す」行為。そう考えれば二作目の『一九七三年のピンボール』で、村上春樹が視点をもうちょっと日本寄りにして、〝アメリカなしではやっていけない、去勢された父〟を主人公に、彼がピンボールに恋してしまう物語を組み立てたことにも一理ありそうです。瀧井孝作が図らずも選評に書いた「手も足も出ないで只帰る」姿は、まさに村上春樹の意図どおり、この物語の主人公（とその延長線上の日本人）を象徴しているのです。

だからこそ大江健三郎も、『一九七三年のピンボール』を前に、もはやただの「模倣」であるとは言いません。彼はそれを書いた村上春樹を、「他から受けたものをこれだけ自分の道具として使いこなせるということは、それはもう明らかな才能というほかにない」と賞賛するのでした。それはおそらく彼自身が、代表作『万延元年のフットボール』のポップアート的模倣を、『一九七三年のピンボール』に読みとったことにもよるはずです。

しかし。理解者がいくらか増えはしたものの、日本と彼自身とそして多くの日本人が〝去勢された父〟であると暗に言い放つ『一九七三年のピンボール』は、やはり歓迎されませんでした。村上龍の『限りなく透明に近いブルー』に対して選考委員たちが与えた評価と、『一九七三年のピンボール』への評価とは、同じメンバーなのにあまりにブレて見えます。

「とらまえどころのない」「作品が中途半端な評価しかできない」「技巧的な出来栄えから見れば、他の候補作の大部分に劣る」「何が言いたいのかサッパリわからない」と言いながら、永井龍男と瀧井孝作以外は積極的な反対をしようとしなかった『限りなく透明に近いブルー』と、「ずいぶん上手になつた」「明らかな才能というほかにない」「長い枚数を退屈せずに読んだ」

「才能はある人らしいが惜しい」「予想通り（…）最後まで残った」と書かれながらまるで授賞の空気の感じられない『一九七三年のピンボール』。そのブレの感触は、受賞作のなかったその回の選考で彼らが珍しく「佳作」とした、丸元淑生『羽ばたき』を読むと、いっそう強まるばかりです。

『ピンボール』と『羽ばたき』

『羽ばたき』も、森禮子『モッキングバードのいる町』と同じかそれ以上に、すっかり忘れ去られた作品ですが、作者の丸元淑生はのちに「豊かな家庭料理」を提唱、アメリカ由来の栄養学的知識をベースにした料理研究家としての方が有名になりました。

けれども小説『羽ばたき』は、「桃色に紅潮した皮膚にみなぎっている弾力ときめの細かさは、地上に生命を得たものの完璧な美を見たと思ったくらい」だという「ほとんど目を奪われる美しさ」の肌を持つ息子が、とつぜん相撲取りになると言い出す、めっちゃ日本っぽい話です。主人公は倒産寸前の出版社の社長。息子と妻とは別に、もうひとつ家庭を持っています。そんな彼が会社を支えきれずに潰し、どちらの家庭も失いかけながら、それぞれの女の優しさに触れ、最後には相撲部屋で病気が発覚した息子を助けようとはりきります。

文章はたしかに端正なものの、たんにマッチョで身勝手な男のナルシシスムを書きつらねただけの物語が、どうして「他の二作をかなり上まわる票を得た」のか、三十年後のいまそれだけ読むと理解に苦しみますが、同じ回で芥川賞候補だった『一九七三年のピンボール』と並読すると、その理由がほのみえてきます。たとえば、ふたつめの家庭を持つ相手となった「良江」となれそめについて、『羽ばたき』の「私」は次のように述懐していました。

私の良江に対する愛情には、つねに救ってやりたいという衝動が伴っていたのだが、それは最初の出会いのときからのものだった。当時の彼女は二十二歳で、若いアメリカ人との結婚に破れて離婚したばかりだった。その手記を週刊誌に掲載した私は彼女との恋に落ちた。(…)彼女を、私は、アメリカ人の裏切りから救いたいと思った。

(「文藝春秋」一九八〇年九月号)

安岡章太郎の『海辺の光景』の父親や、芥川賞作家・小島信夫の名作『抱擁家族』で、アメリカ兵「ジョージ」に妻を寝取られる〝恥ずかしい〟夫・俊介たちの「屈辱」を晴らそうとするように、『羽ばたき』の主人公である「私」は、「強い夫」を演じます。

すでに家庭も子供も持つ主人公ですから、「救いたい」というその鼻息の荒さじたい、もとより滑稽でしかありえないのですが、そんなことにはおかまいなし。自身の尊大と身勝手のせいで正妻に捨てられて、「ぼくの家庭をぶち壊したんじゃないか」と、救ってやりたくて近づいたはずの愛人に逆ギレ。妻と愛人のふたりに愛想尽かされながらもそれぞれに甘やかされて、最後は息子の病気を治すため、「私はある充実感を味わっていた。私には彼のためにするべきことがあり、しかも、それは可能な事柄だった。日本一の名医を捜すことはもちろん、場合によれば世界一の名医を捜すことでさえ、不可能であるはずがなかった。それの可能であることが（…）私を高ぶらせ、精気を生み出すと同時に、凶暴な、煮え立つような気分にもさせていた」というのですから、そのマッチョな回復っぷりたるや驚くほど。可哀相な息子は、まるで主人公を奮い立たせるために病気になったみたい（というか、息子を病気にしたのはむろん作者ですから、事実においても彼は、主人公が恥ずかしげもなく奮い勃つ物語をつくりたい作者によって、わざわざ病気に罹らせられたわけです）、そんな「私」は挙げ句の果てに、「外科だったらアメリカの外科学会に招かれ講演してきたくらいの名医がいるけど（…）それはあとからでいいと思うんだよ」と理由なく言い、息子が医師から処方された（西洋医学の）薬を「そんなに長く飲んでいていい薬といったら朝鮮人参くらいしかないよ」と断言するのですから、「アメリカ」へのコンプレックス丸出しです。にもかかわらず、父親のその言葉を聞いた相撲取りの息子は「自分もかえって具合が悪くなるような気がしていたんです」と肯定してくれるのですから、『羽ばたき』は全編通して結局、「無根拠な自信で他人を振り回してきた父＝夫が、無根拠な自信を取り戻す話」でしかありません。

しかし、自分も同じように「恥ずかしい父＝夫」であり、「アメリカなしにはやっていけないという思い」を隠蔽したかったのか、「この男の悲しみも終末でじんわりと私には伝わってくる」（遠藤周作）とか「下の息子を描いたところは、じつに良い」（吉行淳之介）とか、「浪漫主義的な身勝手といふ感じではなく、さういふものが許されない具体的な社会のなかに彼を置いている」（丸谷才一）や「できる限り美化をぬきにして、親子、夫婦、愛人の絆を生々と把みだしてゐるのは、作者の人柄を感じさせます。とくに相撲志願の次男との父子愛は感動を誘ひます」（中村光夫）などと男たちは上機嫌な反応をするのですから、そこには、書き手である丸元淑生と、読み手である選考委員たちとの利害の一致が見られます。

後述するように、村上春樹の作品の主人公は「父親になれない」としばしば指摘されもするのですが、『羽ばたき』を読んだ彼が、（病気にさせられたあの幼い相撲取りのように）子供はいつも物語に勝手に奉仕させられてしまうのだから、以後けっして胡散臭い親子愛など書くまい――と心に決めたとして、なんの不思議もありません。

いずれにしても、『一九七三年のピンボール』と『羽ばたき』は、「父」の様態や「アメリカ」とのかかわりにおいて驚くほど対照的でした。そうして、選考委員たちは、「佳作」という「近頃異例」（丹羽文雄）な結果を、後者にのみ与えたのです。

「父」の喪失

さらに半年後の一九八〇（昭和五十五）年下半期。半年前に『一九七三年のピンボール』を華麗にスルーした芥川賞は、そのときにも候補のひとりだった尾辻克彦（赤瀬川原平）の『父が消えた』に賞を与えます。

東京・中央線の三鷹駅から八王子の霊園へと向かう車中で、同行した馬場青年と話しつつ、その春に亡くなった父親との来し方を思い出す、という構成の『父が消えた』は、尾辻克彦がすぐれた書き手であることや、同作がその一年前の『肌ざわり』に劣らぬ名作であることをよく示す佳作ですが、私（たち）のいまの関心の対象はそこでなく、その作品が、タイトルどおり、「父」の喪失を描いたものであったことに向けられるべきでしょう。

ここまで重ねて参照してきたように、江藤淳や加藤典洋の議論を踏まえれば、「父」をめぐる問題は、戦後日本の主体＝「私」意識の根幹をなしていました。

そもそも、『風の歌を聴け』が唐突に書きつけた「八月十五日」の昭和天皇の玉音放送と、続く人間宣言じたい、父性の喪失（と、それまで父として振る舞っていたものが虚構であったという告白）であり、教育による階級移動（の夢）が生じさせた〝恥ずかしい父〟とその父に頼ることのパラドックスは、連綿と続いていました。

それらに代わるものとして戦後の「強い「父」としてのアメリカ」が登場しますが、『限りなく透明に近いブルー』や『モッキングバードのいる町』をはじめ多くの小説が、アメリカを自分から切り離した対象と捉えることで「なしでもやっていける」身ぶりを演じ、読み手たちもまた、そのように読むことで「限定し、承認してみせる」「強い「父」」＝アメリカを、（ほんとうは内面化しているにもかかわらず）自分たちの外側に作り出そうとしてきた……つねにそこでは、「父」のいる／いないが、底流にあったわけです。

そんな父が、「消えた」。

そう宣言し、その埋葬する場所を下見に向かう尾辻克彦『父が消えた』は、だから、父親について繰り返し、こんなふうに口にします。

(1)「父親というのは金でしょ、財産というか、そういうものがなかったら、別に父親の意見なんてないと思うよ」

(2)「たぶん世の父親というのはですね、そもそも父親像というものを錯覚してるんだと思いますよ（…）あれはきっと自分の複製を作ろうとしてるんだろうね（…）銅像みたいなもんだよ。ガランドウなのにね、無理に命令だけ作ったりする」

右の引用中、(1)の言葉は父親を持たない「馬場君」の、(2)の言葉は父親を埋葬しようとしている「私」のものです。どちらも、それぞれの仕方で「父」の不在を埋めようとしているかに見えます。ふたりの会話と道行きは、「父」の葬礼のようです。無数の「父」が眠るいくつもの墓石の前を経回った彼らは、「無名戦士の墓」に似た「無名都民の墓」に自分たちのいずれの居場所を定め、それとは対照的な「資本主義の名に恥じぬ壮大豪華な」私営霊園《マンション》を一瞥したあとで、最後に「ふつうの夜」と「ふつうの世の中」に戻ってくる、というお話です。

墓地を訪れるふたりのうち、若い「馬場君」は、まもなく結婚を予定しているとわざわざ口にしますから、「いずれは父になること」が暗に予告されています。すでに家庭を持った「父」である主人公も、自分の「父」を埋葬することで、あらためて／再度「父になる」ことでしょう。

「父親というのは金でしょ」「銅像みたいなもんだよ」と父の無益《ドウ・ナッシング》なことを語りながら、しかし自分たちが「父」となること（そうしていずれ父として死ぬこと）を、わざわざセレモニーとしての旅行までして肯定するふたりの姿は、江藤淳が言った〝恥ずかしい父〟の裏返しです。それは、父のいる／いないを底流に持ち続けてきたこの国の「近代」とその文学にとって、『風の歌を聴け』や『一九七三年のピンボール』より、はるかになじみやすかったでしょう。「最も常識的で、かつ安心して読めた」（安岡章太郎）、「作者の身についている危気《あぶなげ》のないもの、信用していいものである」（井上靖）という選評が乱発されることも、まったく当然なのでありました。

日本文学が求めるもの

『一九七三年のピンボール』と『父が消えた』。このふたつの作品と、それぞれへの反応を見比べると、当時の日本文学がなにを求めていて、なにがいらなかったのかが、ぼんやりと見えてきます。

村上春樹はその後も「父にならない主人公」を描き続けてゆきます。彼の最大の代表作のひとつ『ねじまき鳥クロニクル』の、とつぜん出て行った妻を捜す「僕」を筆頭に、『羊をめぐる冒険』も『スプートニクの恋人』も、もちろん『ノルウェイの森』だって、主人公が子供を持つことはありませんでした。めだった例外は『国境の南、太陽の西』の主人公「始」で、彼は五歳年下の妻とのあいだにふたりの娘を持っています。けれども、その作品が『ねじまき鳥クロニクル』(の、もとになった短篇「ねじまき鳥と火曜日の女たち」)から切り離されたスピンオフ的な作品であることが、かえって、子供を持つ主人公の設定が村上春樹にとってきわめて例外的であるのだと、強く証だてているようにも見えます。

他方、『風の歌を聴け』の前後の芥川賞をめぐる作品たちは、『父が消えた』に象徴されるように、立派な父親として「在る」こと、父親に「なる」こと、つまりは、〝恥ずかしい〟父でしかありえないことや「限定し、承認してみせる」上位者との関係を「見て見ぬふり」してあっけらかんと「父」になること、等々をなんとか肯定しようとしていました。

だから、とりあえずはこう言っておきましょう。芥川賞が村上春樹に与えられなかったのは、一義的には、村上春樹の携えるアメリカとの距離感が彼らにとって受けいれがたかったからであるけれど、つまるところそれは、彼らとアメリカ＝父との関係の問題であり、村上春樹と「父」との距離の問題なのだ、と。

もしも村上春樹が「父」を描くことができていたら、「父」になる姿を描けていたら、とっくにその賞は彼のものになっていたはずです。逆に言えば、それができなかった／しなかったところに、村上春樹の倫理があった、と言ってもいいでしょう。

もちろんそれは、自分が「父になる」ことで、父の消えた穴を埋めようとした、尾辻克彦の無用を意味するものではありません。「外地の日本女性の特殊な心境」をただ描いたのだと受けとられることで、結果的に〝内地の日本男性の凡庸な心境〟を安置してしまった『モッキングバードのいる町』や（それだって、選考委員に女性がいれば、きっと違う受けとり方がなされ得たはずです）、いっそ過剰に親切に〝隠された悲哀〟でも読みとりたくなるほど能天気でマッチョな父親像を描いてヌルい「感動を誘って」しまう『羽ばたき』とは違って、まさに電車に乗って運ばれるように二度（一度は結婚と妻の出産によって、二度目は「父の死」によって）〝父に「なってしまう」〟男の姿を描いた『父が消えた』は、「父になる」ことの困難と、そこに隠された「恥ずかしさ」や「嘘くささ」をきちんと浮かび上がらせています。

『父が消えた』の中で、父の死のきっかけとなった出来事から、父権が譲り渡される瞬間までを描いた、とても美しい、文庫版で八ページほどの一場があります。

父が一度倒れたのは、死ぬ二カ月前のことだった。まだ横浜ではなく名古屋だった。倒れたといっても立っていたわけではなくて、母と二人、こたつでお昼の食卓に向っているときだった。母がお醤油を取りに台所へ行って、帰ってみると食卓にコトンと頭をついていたという。（…）

父がコタツにコトンと頭をついたとき、そのこたつにはまるで呼出し用のスイッチが仕掛けられてあるかのようだった。そのこたつから七本の細いコードが各所につながってい て、コトンと推すとそのコードの先の各所で赤ランプが点滅する。非常事態発生である。七人の子供たちは、それぞれがそれぞれの場所でそれぞれの生活を運営していたのだけど、みんなその点滅する赤ランプの信号を見ながら相談をした。（…）

父は隣室の布団の中からそんな顔を一人一人見上げていた。（…）子供たちの一人一人を、まるで神を見るように、布団の中から見上げているのであった。そんな目で見られて、私たちはまるで神を見るような感じになってしまった。私は思わずそばに行って一言、二言しゃべったけれど、言葉の無駄に気付いてやめた。だけど父はその一言、二言を逃がさずに聞いていて、まるで神の言葉のように聞いていて、そうだ、あなたは寝小便の神様だったと、父の目はそういって枕許の私の顔を仰ぎ見ていた。そういう神になった私の光があふれるように反射していて、それを浴びる父の目が震えながら光っているようだった。（…）

その団地の五階からも、遠くの方だけど、富士山はきれいに見えていた。だけどそれはベランダの陰になって、立ち上がらなければ見ることができない。父はその五階の畳の上に安置された。それからの父は幸福感に包まれた。そこから立ち上がることはなかったけれど、父はその一番贅沢な場所で、何もしゃべらずに横になっていた。血色も少し増して、その二週間後には八十歳の誕生日を迎えた。そして幸福感に包まれたまま、春に意識を失った。

長く引用しましたが、それでもまだ足りないくらい、幸福感と静けさと、それでいてユーモアにも満ちたこの場面は、『父が消えた』でももっとも印象深い箇所のひとつです。日本中から子供たちが集まり、そこで父は涙ぐみながら息子に「神」（寝小便の、ですけれど）を見て、その意思は語られずとも伝わります。それとともに「父」性は「私」へと委譲されて、（「日本」の象徴としての）「富士山」を見るのも父から「私」へと交代しつつ、「私」たちの父は死んでゆく……。

そんな回想が新宿から八王子に向かう中央線の中で語られ始める場所はどこだったか——『父が消えた』はそれをはっきりと書きつけています。このまま乗ってゆけば「私」は八王子の墓所に着き、自分の父親を埋葬することでもういちど（そして避けきれぬ〝恥ずかしさ〟とともに）あらためて「父」になるでしょう。それを避けるならば、いまこの駅で降りればよい。その転轍機とでも呼ぶべき駅がどこであるか、『父が消えた』は次のようにはっきりと書き記しています。

電車は国分寺の駅にさしかかる。その次が西国分寺で、国立、立川、日野、豊田、そして八王子という具合になっている。

電車はちょうど国分寺の駅に着こうとしています。そこで降りれば、改札の外には、村上春樹がかつてジャズ喫茶「ピーター・キャット」を営んでいた町があります。

第五章

そもそも芥川賞が「でかく」なった理由《わけ》

戦後復興と共に

かつて「ピーター・キャット」があり、尾辻克彦『父が消えた』が父親の死を回想しはじめる国分寺駅。そこから西武多摩湖線に乗り換えてひと駅、「一橋学園」の南口から少し歩いた一橋大学のキャンパスに、学生寮があります。いまでは近代的な建物ですが、以前は「一橋《いっきょう》寮」と呼ばれる四人部屋の寮でした。一九五二（昭和二十七）年、そこに暮らし始めた新入生がいます。名は、石原慎太郎。のちに『太陽の季節』で芥川賞を受賞することになる二十歳の青年です。彼が受賞したことや、そのときの社会状況は、芥川賞にとって、ひいては日本の文学にとって、その後、大きな意味を持つことになります。

菊池寛によって創設された芥川・直木賞は、戦争の影響で一九四四（昭和十九）年を最後に一時中断、五年後の一九四九（昭和二十四）年に再開されました。同年下半期には後にノーベル文学賞候補と名指される井上靖が、一九五一（昭和二十六）年上半期は安部公房、下半期は堀田善衞、翌年には松本清張がそれぞれ受賞。一九五三（昭和二十八）年から五五（昭和三十）年にかけては、安岡章太郎・吉行淳之介・遠藤周作といった、のちに選考委員として村上春樹『風の歌を聴け』を議論する作家たちが受賞者に名を連ねます。

けれどもこのころの両賞は、まだ社会的には地味な存在。一章で〝自身の受賞を翌朝の新聞で知った〟エピソードを紹介した堀田善衞は、一九七四(昭和四十九)年の日野啓三の受賞パーティに出て「その盛大さ加減にびっくりした。(…)私のと自分のころとの違いに驚いていますし、吉行淳之介も「受賞作を収めた単行本は(…)私のころは初版五千部(普通は三千部)で、再版はされなかった」し、小説以外の依頼がくるようになったのは受賞から二年経過した一九五六(昭和三十一)年だったといいます。いったい堀田と日野のあいだに、あるいは吉行淳之介の一九五四年から五六年のあいだには、どんな違いがあったのでしょう。

堀田善衞は賞の華やかになった理由に「マスコミの発達」を挙げていましたが、ちょうど堀田の受賞の直後の一九五三(昭和二十八)年、NHKがテレビの本放送を開始しました。同年夏には初の民放である日本テレビ放送網も始動、年内には東京・名古屋・大阪間のマイクロ回線が完成し、三都市の間で映像が即時に送れるようになります。一九五五年には東京放送(現TBS)が放送開始、一九五七(昭和三十二)年には日本電波塔株式会社が設立され、関東一円に民放各局の電波を送る東京タワーの建設が始まります。

タワーの完成は一九五八(昭和三十三)年。翌五九(昭和三十四)年には「皇太子御成婚」を見たいひとたちによって一気にテレビが普及、二百万台を突破しました。フジテレビ、全国朝日放送（テレビ朝日）もこの年に放送開始して民放四局体制がスタートします。あちこちの地方局への放送免許も交付され、「テレビによる同時体験を可能とするインフラを着実に日本に広げる」（「日本放送技術発達小史」傍点引用者）準備が整ったわけです。

テレビ受像機の普及率で見ても、一九五八年にはほぼ十％だった世帯普及率は、翌年二十％を突破。一九六〇（昭和三十五）年にはさらに倍の四十％強、六一年に六十％を超えて、六二年には八十％に達します。放送開始から十年が経過した一九六三（昭和三十八）年には、九割方の家庭にテレビが普及していました。

その時代を描いた映画として、二〇〇五年に公開され大人気を博した映画『ＡＬＷＡＹＳ　三丁目の夕日』があります。建設中の東京タワーを背景にした物語ですが、作品冒頭から話題にされつづけるのが、主人公一家である「鈴木オート」に白黒テレビが到着する話で、本当に来た日には町中のひとが集まってお祝いをし、プロレスを見るのでした。当時まだ各家庭にテレビはなく、鈴木一家のようにいちはやくテレビを買ったひとの家に見に行ったり、街頭に設置されたり電器店の店頭に展示されているテレビを立ち見したりしていました。

当時いちばん人気のコンテンツは、プロレスに加えて野球と相撲。一九五八年にプロ入りした読売ジャイアンツの長嶋茂雄が新人でいきなり本塁打と打点の二冠王に輝き、以後今日に至るまで驚異的な人気を博していたり、翌一九五九年に十両に昇進した大鵬が六〇年に初優勝、史上最年少で大関に昇進するなど、「巨人・大鵬・卵焼き」と子供の好きなもののベスト3に挙げられたりしていたのも、ちょうどこの時期。それらは「テレビによる同時体験」の成立と、切っても切れない関係にありました。

長嶋は一九六三年までの六年間に四回の首位打者と二回の本塁打王、二回の打点王を獲得。大鵬は一九六一年に史上最年少記録を大幅に更新して横綱に昇進、六二年から六三年にかけて六連覇をなし遂げるなど、ふたりはともに現役の絶頂期をこの期間に迎えます。同じく六二年にWWAヘビー級王座を獲得し、翌年の防衛戦で六十四%の高視聴率を叩き出したプロレスの力道山とあわせ、まさに彼らは、テレビとともにスターダムにのしあがって行った「国民的」ヒーローでした。

ひとびとがテレビを争って求め、新しくやってきたテレビをみなで食い入るように眺める――そんな時期が、堀田の言う「マスコミの発達」した時期であり、日野や吉行をめぐって大きな「違い」が生まれた一九五四年から五六年です。そうして、その時期に登場したのが、一九五五（昭和三十）年に一橋大学の現役学生のままで商業誌デビュー、その『太陽の季節』で芥川賞も受賞した、石原慎太郎でした。若くてハンサム、しかも慶應義塾大学中退の弟・裕次郎が自分の原作した映画で銀幕デビュー、という話題性たっぷりの石原さんと『太陽の季節』は、長嶋さんや大鵬関、力道山などと同様に激しく「同時体験」されたわけです。

円本と文学賞

そもそも、こうした「同時体験」は、テレビが普及する以前からも存在しました。文学にかんするもので言うと、昭和のはじめの「円本ブーム」がよく言われます。

一九二六（大正十五）年暮れに、改造社という出版社が「円本」という一冊一円の文学全集の刊行を始めました。それまで一冊が十円ほどの値段だった文学全集を、そのわずか十分の一の定価で販売したのです。

背景には、一九二三（大正十二）年の関東大震災がありました。出版社は社屋や印刷機、書籍の在庫を失い（本書に何度も出てきた菊池寛も、雑誌「文藝春秋」を創刊した直後でしたが、震災の惨状に弱気になって大阪への移転を考えたといいます）、読者である東京市民たちも、本をふくめた家財を失いました。復興の過程で多くの文学全集が刊行されつつありましたが、それらはどれも、購買力を低下させた一般読者の手が届くには高かったそんな中、改造社の社長であった山本実彦たちは、このままでは「特権階級ばかりが知識の独占者になる」から「一般読者のために安い明治以来の著名な文学者の代表作を集めた全集」を安価に刊行しよう、と決めたのだと言います。そうして始まったのが、『現代日本文学全集』でした。

昭和初年の物価は、コーヒー一杯二十銭、鰻重一人前六十銭、レストランのランチが一円、タクシーの東京市内均一料金（いわゆる「エンタク」）も一円。「円本」の価格はいまならほぼ二千円といった感じで、決して激安ではありません。けれども一冊二万円した本がとつぜん二千円になったと思えば、二十一世紀のユニクロが、それまで数千円したジーンズを九百八十円で売る「UJ」ブランドを始めて一気に市場をさらったようなもの。そのインパクトは、震災で失った本に飢えていたひとびとの購買欲に火をつけました。

「予約締め切りの日の夕方、新橋駅近くから改造社のある愛宕下町一、現在の新橋三丁目まで長蛇の行列が長々と続いた。勤め帰りのサラリーマンたちが、予約に間に合わせるため寒空の下に震えながら並んで」（『改造社と山本実彦』）、事前の予約会員は二十五万人に達したというのですから、TSUTAYA渋谷駅前店で深夜〇時の発売に数十人が並んだ村上春樹『1Q84』もびっくりです。ちなみに、いまでは文学にはほとんど無関心に見える広告代理店の電通（当時は電報通信社）が、未払いの広告料金があったにもかかわらず、熱意に打たれて新聞への大広告を出してくれたという、ちょっといい話もありました。

とはいえ、二十五万人もが予約するというのはさすがに行き過ぎ。一九二八（昭和三）年にエッセイストの宮武外骨が書いた『一圓本流行の害毒と其裏面談』によれば、「円本の全盛期は昨年の夏秋頃で、今は最初の四分の一に減じて」いて、その理由は「読んでみると面白くない、又頁数が多いのでタヤスク読み切れない」「応募当時の雷同性と同く、君はヤメタか、僕もヤメタと、雷同的に破約した」等々。そもそも「円本」の流行じたい、予約しないと友達との間ではばがきかないと「従来一冊の蔵書もなかった連中までが」予約購入したのだと言いますから、ここにも「同時体験」の影響が見て取れます。宮武さんは「教育普及の聖代とか、新文化国の人民とか云っても、案外、馬鹿者の多い現代である」と手厳しいですが、取次店（問屋）が「読んだ後には古本として売っても、一冊一円のものが一円四五十銭に売れる」と宣伝したのを真に受けて並んだひとも多かったというのですから、それはほとんどいまどきのＦＸかバブル経済かという感じ、彼の言うのにも一理あります。

またたくまに円本ブームはピークを過ぎ、先の宮武外骨には、最終配本後に送付する約束だった特典の本棚（！）を惜しんで「イッソ、最終刊の前に全部の予約者が悉く破約して呉れればと思ってるんじゃないの、とからかわれる有様。それでも一九三〇（昭和五）年には「いつの世も、停滞しかけた状況を打破するのは新しい力」と『新鋭文学叢書』の刊行を始めることになる改造社は、一九二八（昭和三）年創立十周年記念と題して、雑誌「改造」誌上で懸賞小説の募集を始めます。菊池寛が「半分は雑誌の宣伝」だが「半分は（…）新進作家の台頭を助けようという公正な気持ち」と発案した芥川・直木賞が誕生する、七年前の話でした。

それまでの文学賞というと新聞社が主催するものがほとんどだったのですが、「改造」の懸賞小説や芥川・直木賞あたりから、出版社が賞の主催者になることが増えてきました。一九三八（昭和十三）年には新潮社が創立四十周年を記念して「新潮社文芸賞」を、一九四一（昭和十六）年には講談社が初代社長の名を冠した財団法人野間奉公会を設立して「野間文芸賞」を創立。翌一九四二（昭和十七）年に「中央公論文芸賞」を設置した中央公論社がその目的に「文学精神高揚の機運に貢献する」ことを挙げたように、文学賞を設置して文学精神を高揚させよう（ついでに自社の宣伝もしよう）という機運が次第に高まって行きました。

菊池寛の理念を思い出すにも、「賞を与える」ということは、それを世に知らしめて、ひとびとに作品とその価値を「同時体験」してもらおうということにほかなりません。そういう目的を持った「賞」が、のちのマスメディアの爆発的拡大の時代に大きく広がって行ったのは、きわめて自然な成り行きでした。

「同時体験」の熱狂

もう少し、「同時体験」の具体的な意味について見てゆきましょう。今日のインターネット等の電子情報ネットワークにも見られますが、情報伝達の速度が短期間に急激に上昇することには、ひとびとの「同時体験」感を刺激し、そのことが累乗的に情報への興味と伝達効率とをより高める傾向があります。

二十一世紀初頭、アメリカの社会学者ダンカン・ワッツは、著書『スモールワールド・ネットワーク』で、伝染病拡大を例に「浸透《パーコレーション》・普及」について論じました。任意のネットワークにおいて、それまでは潜在的だったものが臨界点に達すると、「突如として劇的なパーコレーション・クラスター（ネットワーク全体を貫く共通の特性　引用者注）」が出現する、というものです。関東大震災直後に見られた風説の伝播もそうですし、恐慌やファシズムもそうですが、ふだんだったら生じなかったり目に見えないまま薄れてゆくものが、ある条件下では爆発的に広まる。その条件が「潜在的だったものがどこかで溢れて顕在化すること」、つまり、相互に確認できるカタチでその存在がわかるようになることである、というわけですが、テレビをはじめとする「同時体験」メディアはまさに、ひとびとにそうした顕在化＝相互確認を後押しします。

単純に「ニュースやスポーツを見る」だけでなく、「いまこの瞬間に、自分と同じようにテレビの前で、同じ映像を見ている多数のひとびとを想像する」こと……「鈴木オート」の居間や街頭テレビであれば、自分の前後左右で同じく熱狂しているひとたちをナマで見ることで、同時体験がまず相互確認されたでしょう。その経験や記憶もなまなましいまま、「ウチにもテレビが来たよ！」と毎週のように誰かが学校や職場で報告する熱狂の時間を経た数年後には、各家庭に普及したテレビの前で、自分と同じように「いま、この瞬間」にこの映像を見ている無数の「国民《なかま》」たちを想像する――そうやって、「国民的ヒーロー」たちが「浸透・普及《たんじょう》」していったわけです。石原慎太郎も、そのひとりでした。

石原慎太郎は、雑誌「文學界」一九六〇年九月号の座談「芥川賞のあとさき」での、同じく芥川賞受賞者である由紀しげ子、安岡章太郎との会話で、「ぼくのときは、しかし、芥川賞そのもの、受賞とかそういうものは話題にならなかったんですよ」と言っています。けれどもその後の一年間は、態度を豹変させたジャーナリズムにあわせて「飛んだり跳ねたり」したそうですから、芥川賞を誰がとるかと待ち構えてそこに出てきた石原をもてはやしたというよりは、一拍遅れて、彼自身「ぼくの次の次ぐらいからじゃないんですかね」と口にしていますし、〝世間で話題になった石原というヤツがとったという賞〟、というかたちで遡って注目されたのでしょう。それもまた、テレビが「同時体験」させた結果、と言うことができます。

同じ時期、一九五六（昭和三十一）年には「週刊新潮」が、翌五七年には「週刊女性」、さらに二年後の五九年には「週刊文春」「週刊現代」が創刊。従来は新聞社が週のニュースをまとめる媒体だった週刊誌は、ゴシップ記事も含めた「読みもの」の容器として、一気に部数を拡大させせました。このことももちろん「同時体験」の流れを補完したはずですし、明治の時代から「同時体験」の役割を担ってきた新聞とあわせ、三者は相互に影響力を加速させていきました。

こうやって見てくると、「芥川賞」の隆盛が、いかにその時代のメディア環境や、そのときたまたま石原慎太郎という映像写りのいいキャラクターを得たという偶然に支えられていたかが、よくわかります。個々の作品を読めば石原慎太郎の『太陽の季節』が、その直前の吉行淳之介『驟雨』や小島信夫『アメリカン・スクール』、遠藤周作『白い人』といった作品と比べて、文学的に圧倒している、などということはありません。大衆性という意味では芥川賞よりも基準の高い直木賞は、石原慎太郎の前後に有馬頼義・新田次郎・今東光といった人気作家に与えられていますが、彼らに向けられた注目は石原のそれよりはるかに小さなものでしたし、芥川賞に劣らぬ規模や選考委員で選ばれていた新潮社文学賞・野間文芸賞なども（一九五五年前後の受賞者は、それぞれ、三島由紀夫や幸田文、川端康成や宇野千代といったそうそうたる面々でした）、石原慎太郎の芥川賞に比べればはるかに小さな話題に留まりました。その流れは以後も今日まで続いていて、新潮社と講談社はそれぞれ、芥川賞とほぼ同じ選考対象（純文学の新人・若手作家の作品）を持つ三島由紀夫賞と野間文芸新人賞を持っていますが、すでに批評家として活躍していた東浩紀がＳＦ的な作品で受賞した二〇一〇年の三島由紀夫賞のようにごく一部の例外を除けば、ほとんど話題になりません（東浩紀のそれだって、石原慎太郎の当時や、以後の芥川賞受賞者と比べれば、大きくはありません）。

それらの違いは、彼らの選ぶ基準が間違っていたり、賞としての格や注がれる力の違い、あるいは作品と作者の力量差ではなく、あの「同時体験」の熱狂の時期に存在してその遺産を受け継げたかどうかによるものであり、石原慎太郎という強力なキャラクターをそのタイミングで持てたかどうか、なのです。日本テレビを親会社に持つ読売ジャイアンツが、テレビ黎明期にその試合を日々ゴールデン・タイムに流され、しかもたまたまそのとき長嶋茂雄（と王貞治）というキャラクターを持っていた、という構図と同じことです。

長嶋と王は、もちろん野球選手として偉大でしたが、その選手としての偉大さを超えて愛されて見えるのは、彼らがテレビに愛されていたからでした。同じように石原慎太郎と芥川賞も、ある意味特権的なほどに愛されて、『太陽の季節』の発行部数は即座に二十五万部を超えることになります。それは、あの「円本」第一巻に集まった予約と、ほとんど同じ数字でした。

マスメディアの成熟

「芥川賞。それくらい世間知らずの天吾くんだって知ってるだろう。新聞にでかでかと出て、テレビのニュースにもなる」

『1Q84』の小松が天吾にむかって口にしたそんな状況は、右のようにして成立しました。以後、芥川賞は大江健三郎・開高健・古井由吉といった実力派の新人たちに恵まれつつ、石原慎太郎のときほどの大騒ぎにはならぬまま、一九七〇年代後半に至ります。

一九七五（昭和五十）年下半期には中上健次が『岬』で戦後生まれとしては初の受賞。そうして翌一九七六（昭和五十一）年に、ここまででも触れてきた村上龍が『限りなく透明に近いブルー』で「群像新人文学賞」と芥川賞とを同時受賞します。

芥川賞の初期に菊池寛のもと事務局を一手に担い、のちに自身も作家として直木賞・芥川賞の選考委員を務めた永井龍男の回想によれば、「新人文学賞に選ばれた当時から世評が高く、芥川賞の次回の受賞作はこれ以外にあるまいというような噂が、ジャーナリズムの上で日増しに盛んになった」という『限りなく透明に近いブルー』。事実、芥川賞選考委員たちの選評も、作品の評価だけを切り離して行うことの困難を、口々に訴えていました。

「手がかりのつかない新しいものに向い合っている、というわけではなかった。この数年のこの賞の候補作の中で、その資質は群を抜いており、一方作品が中途半端な評価しかできないので、困った。(…)この人の今後のマスコミとのかかわり合いを考えると不安になって、「因果なことに才能がある」とおもうが、そこをなんとか切り抜けてもらいたい」(吉行淳之介)

「これほどとらまえどころのない小説にめぐりあったことはなかった。それでいてこの小説の魅力を強烈に感じた。(…)久しぶりに文壇に新鮮な風がふきこんだようである」(丹羽文雄)

「おそらく小説は始めて書いたのではないかと思われるような稚拙な描写がいたるところにあり(…)その底に、本人にも手に負えぬ才能の氾濫が感じられ、この卑陋な素材の小説に、ほとんど爽やかな読後感を与えます」(中村光夫)

これらの声に対して永井は、「私はこれらの意見を聞きながら、銓衡会場のすぐ外までマスコミの大波が押し寄せてきているような錯覚をおぼえた」と後日感想を記しています。ただしそれは、マスコミの期待を感じての昂りではありません。「中途半端」「とらまえどころのない」「稚拙」といい、資質について明確な根拠を示せぬままに、村上龍と『限りなく透明に近いブルー』を評価しようとする……選者たちがみせるそうした振る舞いと、彼らが無意識に受けて見えるマスコミの圧力（とそれ以上に、そうしたものに弱い彼ら）への批判として、その感想は書かれていました。そのことは、この回を限りに選考委員を辞そうとした彼の態度（実際には、慰留を受けてもう二回、務めることになるのですが）や、往時を回想して「新機運の邪魔になっては申訳ないと思ったからのことで、別に他の理由はなかった」と言いながらもすぐさま「これで無軌道なマスコミから離れられる」と記すあたりに、くっきりと読みとることができます。

そんな永井龍男の戸惑いや苛立ちとは無関係に、『限りなく透明に近いブルー』は、驚くべき勢いで受けいれられてゆきます。『太陽の季節』からほぼ二十年、慎太郎ブームに憧れた年少世代は壮年期を迎えていました。そこに、ちょうどブームのころに生まれ、武蔵野美術大学に在学しながらデビューした村上龍（一九五二年生まれですから、正確には、『太陽の季節』より三歳年上ということになります）が出てきたわけです。基地の街で若者が性と麻薬にまみれて生きる『限りなく透明に近いブルー』と、かつて自分たちの熱狂した石原慎太郎やその作品を重ね見ることは、きわめて自然だったことでしょう。

あるいは、加藤典洋『アメリカの影』が指摘したとおり、わかりやすい屈辱の図とともに「アメリカなしにはやっていけないという思いを（…）アメリカなしでもやっていけるという身ぶりで隠蔽」してみせた村上龍とその主人公の姿が、学生運動への熱狂が終わったあとの時代の若者たちや、運動の種火を燻らせたままでいた少し年長の世代に自分たちを投影させたと想像することも可能です。

そうして、そのどちらであっても、共感は、さらに発展・進歩したマスメディアの「同時体験」機能によって増幅・連鎖させられてゆく……一九六四（昭和三十九）年の東京オリンピックで普及しはじめたカラーテレビは、一九七二（昭和四十七）年に普及率六十％を突破、『限りなく透明に近いブルー』前年の一九七五（昭和五十）年にはじめて九十％台に乗ったところでした。

こうやって見てくると、『限りなく透明に近いブルー』が、芥川賞史上はじめて掲載誌の「文藝春秋」を百万部完売させ、単行本もそれまでとは桁違いの百三十万部に上ったことも、四半世紀後のいまとなってはきわめて当然のことのように見えます。それは、カラーテレビがほとんどの世帯に普及し、ドラマや歌番組、バラエティ・スポーツ・アニメーションと、ひとびとの消費可能なコンテンツが多様化しつつあったその時代は、社会的に共有されるエンターテインメントとしての「小説」が、みずから身にまとった政治性をもあらわにしつつ、さまざまなコンテンツの第一線にあることができた、ピークの時期だったかもしれません。時代は、村上春樹『風の歌を聴け』の一九七九（昭和五十四）年まで、あともう少しです。

第三作目の『羊をめぐる冒険』で、今日の芥川賞の基準枚数と言われる中篇＝百五十枚前後を大幅に超え、そのことによって「はじめて僕は、うまいやり方を見つけたんです」という村上春樹は、同作以降、前の二作のような長さの作品を書くことはずいぶん先までありませんでした。

「もし誰かに（たとえば神様に）、何かひとつのジャンルだけを選んで、あとは捨てなさいと命じられたとしたら、僕は迷うことなく長編小説を選ぶと思います」と表明し、その理由を「長編小説という容れ物にもっともぴったり自分を収めることができると、かなり切実に感じている」からだという彼は、『羊をめぐる冒険』の三年後には、代表作のひとつである『世界の終りとハードボイルド・ワンダーランド』を発表して谷崎潤一郎賞という、多くは中堅に与えられる賞を受賞（三十代での受賞は大江健三郎に次いで二人目で、以後今日に至るまで続いた者はいません）、新人作家に与えられる芥川賞とそれをめぐる場所から離れました。

仮にその賞がなかったとしても、『世界の終りとハードボイルド・ワンダーランド』のボリュームと完成度はとっくに「新人の作品」という枠をはみ出ていましたから、やはり『一九七三年のピンボール』を見送った時点で芥川賞は、村上春樹に授賞し損なってしまったのだ、ということになります。

第六章　夕暮れのマジック

です。

『三丁目の夕日』と家族の肖像

芥川賞とマスコミの騒ぎに巻き込まれているのは、実在の人物ばかりではありません。前章で名前の出てきた、映画『ＡＬＷＡＹＳ　三丁目の夕日』の登場人物たちも、そのひとりです。

映画『ＡＬＷＡＹＳ　三丁目の夕日』とその四カ月後を描いた続篇である『ＡＬＷＡＹＳ続・三丁目の夕日』は、主にふたつのストーリーから構成されています。

舞台は、建設中の東京タワーがよく見える、東京・港区付近の「夕日町三丁目」。時代は、一九五八（昭和三十三）年。町で小さな自動車修理工場を営む鈴木一家のもとに、集団就職で上京した「ろくちゃん」がやってきます。口減らしで親に見放されたからほかにどこにも行くところがないと思っている彼女が、当初のいろいろなトラブルを乗り越えて、鈴木一家で実の娘のように可愛がられるまでが描かれます（その過程で、実の親もまた、彼女を見捨ててなどいないことも語られます）。

他方、小さな駄菓子屋を営みながら子供雑誌に童話を発表している茶川竜之介のもとには、これまた母親から捨てられた少年・古行淳之介が転がり込みます。ひそかに惚れている居酒屋の若女将・石崎ヒロミから押しつけられた淳之介を、竜之介は当初やっかいがりますが、いつしかヒロミと淳之介と三人で暮らす図を夢見るようになり、その思いはヒロミたちふたりにも共有されてゆく（淳之介もろくちゃん同様、いちどは実の親への思いをつのらせ、父親のもとに引き取られかけますが、竜之介のところに戻ってきます）。

『ALWAYS　三丁目の夕日』は、このふたつの疑似家族が、どたばたを繰り広げながら温かく結びついて行く過程のお話ですが、残念ながら後者の三人（竜之介、ヒロミ、淳之介）は、一作目では「家族」として結びつききることができません。

というのも、おたがい思いを寄せあって、「いつかは本物をあげるから」とカラの婚約指輪ケースをプレゼントした（された）竜之介とヒロミは、それぞれの事情からまだほんとうに結婚することができないで、ヒロミは黙って去っていってしまう。さらに、続篇『ALWAYS続・三丁目の夕日』では、前作でいちどは実父のもとから戻ってきた淳之介も、竜之介の生活が安定しないことを理由に、ふたたび連れ戻されてしまいそうになります。そこで、茶川竜之介はこう誓うわけです。「こんどこそ、芥川賞をとるんだ」と。けれども冷静に考えれば、ひとつの家族が成立するかどうかが小説に、それも年にひとりかふたりしかいない芥川賞作家になれるかどうかにかかってくる、というのはあまりにドラマティック過ぎる気もします。だいいち、芥川賞の対象となるような純文学系の小説家の生活は、すくなくともその当時に至るまでの時代は、うらやむようなものではありませんでした。たとえば芥川龍之介は、「文人なら貧乏するのは当り前」と考える野上彌生子との対話で「そんなにお金が欲しければ、大いに儲かる方法を教えてあげましょうか（…）あなたがお亡くなりになるのよ。自殺ならばなお結構ですわ。そして全集の印税がどっさり入った頃を見はからって生き返るのよ」とからかわれるほど困窮してもいましたし、代表的な自然主義作家の葛西善蔵も、「四方八方借金だらけ」で行きたいドイツに行く金もなし、一九二九（昭和四）年の川端康成は「インクも新しいものを買えない」生活で「自分の文章の載っている雑誌が来ると、早速古本屋へ売って」タバコを買って帰る有様ですから、「安定した暮らし」とはほど遠かったのです。

逆に言えば、好きな子と結婚して養子をひとりもらうのに、なにも芥川賞でなくてもよいわけで、新商品の開発が成功するかどうか、あの営業先を開拓できるかどうか、昇進あるいは就職できるかどうか、ダイエットが成功するかどうか……等々いくらでも目標はありえるはずなのにわざわざそこで「小説」が選ばれる理由は、ちょうどこの映画の時代設定と同じ時期に訪れた、石原慎太郎による「芥川賞ブーム」の記憶であり、その何度目かのリバイバルとしての綿矢りさ&金原ひとみによるブームがその直前にあったためでしょう（他方で、それが直木賞やその対象となるエンターテインメントの作家・作品でないのにも理由はちゃんとあるのですが、それはあとの章でだんだん見えてきます）。

　そもそも「茶川竜之介」と「古行淳之介」という、ふたりの主要登場人物に与えられた名前自体、言うまでもなく、本書でも何度も名前が出てきた「芥川龍之介」と「吉行淳之介」からきているのですが、ほかの登場人物もよく見てみると、淳之介の実母は女優でエッセイストの「吉行和子」からとった「古行和子」で、実父はノーベル賞作家・川端康成を思わせる「川渕康成」だったりします。私（たち）小説好きは、もうそれだけでちょっとホクホク、という感じですが、小説に関心のないお客さんたちにはなんのことやら、やはり、危ういバランスに翻弄されるふたつの家族（それも、疑似家族）がみごと成り立つ瞬間に、最大の「感動」が訪れるはずです。作中でもやはりそこがクライマックスになっていて、茶川と淳之介はふたりでヒロミを想い、ヒロミは茶川にもらった架空《エア》の婚約指輪を左手の薬指にさして、はたまた鈴木さん家は一家で並んで幸せそうに、それぞれの「家族」像を確かめるのですが、このとき興味深いのは、三者が三者とも、夕陽をバックにした東京タワーを眺めていること。「そりゃあ、『ALWAYS《いつだって》　三丁目の夕日』ってタイトルなんだから、大事な場面に夕陽は欠かせないでしょう」と言われるかもですが、そもそもタイトルに「夕日」がついているのだって、誰かが（この場合は、原作者の西岸さんが）つけたわけですから、絶対の必然などそこにはないはず。

多くの恋愛ものの映画やドラマなどだと、どちらかといえば主人公は夜空を見上げて恋人を想うものですから（恋愛物語の代表格であるシェイクスピアの『ロミオとジュリエット』でも、恋に落ちたジュリエットはバルコニーから夜空を見上げて「おおロミオ、どうしてあなたはロミオなの？」とあの有名なセリフを呟きます）、夕陽に想いが投影される『ＡＬＷＡＹＳ　三丁目の夕日』は、恋愛映画というよりは、やはり「家族の映画」なのでしょう。

『エヴァ』と家族と夕焼けと

そういえば、二十一世紀に入って日本でヒットしたもうひとつの代表的な作品、『ヱヴァンゲリヲン新劇場版：序』と同『破』、さらにはオリジナルである『新世紀エヴァンゲリオン』やその劇場版『Air／まごころを、君に』でも、夕陽が印象的な場面で多用されていました。

『ヱヴァンゲリヲン』および『新世紀エヴァンゲリオン』シリーズの、主要なテーマのひとつも、そういえば「家族」です。エピソードの軸となる、碇シンジ、碇ゲンドウ、綾波レイの三人が、父親による承認を求める息子と、亡き妻を追い続ける父、そして妻＝母親のクローンである少女、という関係にあることはもちろん、もうひとりの主人公・アスカは母親との絆を求め続けていますし、主要なキャラクターである葛城ミサトも、「セカンドインパクト」で自分を助けて死んでいった父親の仇討ちの意志とともに仕事を続けています。彼女の友人である赤木リツコは、碇ゲンドウのかつての愛人であり自殺した母親を模倣するように生きている……と、主要キャラクターのあらゆるところに「家族」のモチーフが埋め込まれたこの作品は(『ヱヴァンゲリヲン新劇場版：破』ではさらにくっきりと、碇家の親子関係にスポットが当たっていましたが)、そうして、主要な場面のいくつかで、あまりに印象的な「夕陽」を登場させてきます。

なかでも象徴的なのは、『新世紀エヴァンゲリオン劇場版 Air／まごころを、君に』で描かれていた、シンジがみずからのトラウマと向き合う場面です。夕暮れどきの公園の砂場で、幼稚園児らしきシンジはひとり、砂山を作って遊んでいる。そこに二人の女の子(の人形)がやってきて、三人は一緒に遊び始めるのですが、しばらくたつと、女の子たちは母親が迎えにきて、「ママだ！」と走って帰ってしまい、すっかり日が落ちかけるなか、シンジは取り残されて再びひとりぼっちになるシーンです。シンジが作っている砂山が、十四歳になった彼がエヴァンゲリオンに乗り込む「ネルフ」の基地と同じカタチをしているなど、その場面にはさまざまに象徴的な細部が隠されていますが、ここで注目したいのは右の場面の最後の部分、女の子たちの母親が迎えに来るところです。

前記したとおり、シンジには母親がいません。正確に言えば、クローンである綾波レイや、彼が乗るエヴァンゲリオン初号機、あるいは母親代わりをつとめる葛城ミサトなど、「エヴァンゲリオン」が描く世界のあちこちに、それを代補する「母」のイメージはちりばめられているのですが、直接的な「お母さん」はすでに失われています。その結果、右の公園の場面では、お母さんが「おかえりなさい」と迎えにきてくれる子供たちと、迎えにきてもらえない主人公・シンジ、という対比が描かれるわけです（パチンコで確率変動大当たりなどで流れる、『新世紀エヴァンゲリオン 劇場版 シト新生』の主題歌『魂のルフラン』も、そういえば何度も「私に還りなさい」「あなたも還りなさい」と歌っていました）。

このことは、先の『ALWAYS 三丁目の夕日』とどうつながるのか？……と言えばもちろん、「家族」なるものと「夕陽」とに、なにやらキナ臭い感じの結びつきが感じられる、ということなのですが、それをあられもなく示してくれる一場面が、『ALWAYS 続・三丁目の夕日』の予告編にあります。YouTubeなどの動画サイトで見ることができますから、ここは文字で読むよりウェブ等でそこだけでも観ていただくと話がはやいのですが、とりあえず文字での説明を試みれば、それは次のような場面です。

ふたりで暮らした駄菓子屋の前の道路にへたりこんで、茶川が泣きながら「淳之介」と絶叫します。向こう側から、やはり泣いて走り込んでくる淳之介。ふたりが強く抱き合う、『ALWAYS　三丁目の夕日』のクライマックス手前の場面です。それから映像は「鈴木オート」の一家三人が夕陽を眺める姿を真後ろから写したショットになって、「日本中が涙した、あの感動がふたたび……」というテロップが載る。三人の仲よさそうな様子を正面やや横から写す映像に切り替わって、そこに「もういちど、あのあたたかく懐かしいひとたちに会いに、あなたの三丁目に帰ってみませんか」というナレーションがかぶさり、鈴木家の居間でテレビに興ずるひとたち、〝エア婚約指輪〟を夕陽にかざすヒロミ（ちょうど太陽が石の代わりに見える位置にあります）、並んで夕陽を見上げる茶川と淳之介、と映像が切り換わったあと、暗転した画面中央に「おかえりなさい」の文字が浮かんで、女の声がそれを読み上げる……ここまででほぼ二十秒です。

第一作はひたすら「家族」の話ですから、観客は基本的にはそうした家族再編に感情移入して感動しているわけで、その意味では『ALWAYS　三丁目の夕日』は観客ひとりひとりに「お帰りなさい」と語りかけるとともに（そのことはもちろん、この映画のテーマである〝ノスタルジー〟、つまり自分たちのかつてよく知った懐かしい「あの頃」への「郷愁＝お帰りなさい」ともうまく響きあっています）、観客たちもまた、その続篇を「お帰りなさい」とあたたかく迎える、そういう「相互〝お帰りなさい〟運動」が繰り広げられていることになります。

映像はこのあと新作のストーリー紹介に移るのですが、着目したいのはここまでの部分、つまり配給もとの東宝が二十秒で要約したとき、『ALWAYS　三丁目の夕日』は、「疑似親子が再会、仲良し一家が幸福、離れた恋人たちは想いあい、そのぜんぶを夕日が包んで……〝お帰りなさい〟」、となるわけです。「あなたにも三丁目があるでしょう？　で、そこに帰りたいでしょう？」とつけ加えてもよいですが、とにもかくにもそれらが「あの映画（の魅力ないしは記憶）である」ということで、つまりそこでも『新世紀エヴァンゲリオン　劇場版』と同じに、「家族」と「夕陽」と〝お帰りなさい〟は切り離せぬものとして扱われています。


「では、いったいなにがそれらをかくも強く結びつけているのか」——そんな疑問が生じますが、それに経験的に答えを出すことはむろん、そう難しいことではありません。

古来、夕暮れどきというのは昼と夜、つまり人間が活動する時間帯と休息する時間帯を分かつものであり、言い換えれば〝外の時間〟と〝家の時間〟の境目です。これを読んでいるみなさんにも、夕方が近くなると「帰らなきゃ」という気持ちになった記憶はおそらくあるでしょうし、住んでいらした自治体によっては、夕方五時とか六時、つまり（季節にもよりますが）ちょうど夕陽が輝くころに街頭に設置されたスピーカーから『夕焼小焼』のメロディが流れて、その歌詞を口ずさんだことがあるひとも少なくないはずです。

しかし／ならば。そのような感傷、『ＡＬＷＡＹＳ　三丁目の夕日』に描かれた「お帰りなさい」の〝あたたかさ〟や〝懐かしさ〟、『新世紀エヴァンゲリオン　劇場版』に出てきた、「お帰りなさい」と（子供が）言ってもらえるかどうか、みたいな切迫感は、いったいいつ生まれたのでしょうか。『魂のルフラン』が歌うように、はるか原始の時代からそれは存在したのでしょうか。

童謡と学校体験

「夕陽」と〝お帰りなさい〟の結びつきの象徴のひとつといえる、童謡『夕焼小焼』の歌詞は、こんなものでした。

「夕焼小焼で日が暮れて　山のお寺の鐘が鳴る　お手々つないで　みな帰ろう　からすと一緒に　帰りましょう」「子供が帰った　あとからは　まるい大きな　お月様　小鳥が夢を　見るころは　空にはきらきら　銀の星」

一九一九（大正八）年に、童話作家でもあった詩人・中村雨紅が書いた詩に、四年後、『ゆりかごの唄』の作曲でも知られる草川信が曲をつけたこの歌は、以降、誰もが幼少期に触れる童謡のひとつとして歌い継がれてきました。この歌詞を見ていると、さきほどの私（たち）の疑問へのヒントが見つかります。童謡だから当然といえば当然ですが、この歌で帰宅を促されているのは「子供」です。しかも彼らは「お手々つないで」いるわけですから、ひとりではなく複数の子供です。

もうひとつのヒントになるのは、一九七六（昭和五十一）年に第一巻が刊行され、今日までシリーズ二十冊を数える手島悠介の人気童話『ふしぎなかぎばあさん』です。

主人公の「かぎばあさん」は、迎えにきてくれる親がいないことで周囲の仲間たちから疎外感を感じる子供の家にきて、食事を作ってくれたり縫い物をしたりと、子供を出迎える母親がわりになってくれます。核家族化と共働きが進んで「鍵っ子」が社会的に問題視された高度成長期を象徴するような設定で、かぎばあさんは「お帰りなさい」を言う存在として描かれていますが、彼女は、親が料理をしたり出迎えてくれる家庭には、基本的に訪れない。そのことがふたつめのヒントです。

右の二例からわかるのは、〝迎えにきてもらえない子供〟の寂しさが生ずるには、そこに子供たちが複数いて、その子自身とは別に〝迎えにきてもらえる子供〟がいる必要がある、ということです。ごくごく当然な話ですが、このことは大きな意味を持っています。そういえば『エヴァンゲリオン』のシンジ少年も、ひとり砂場で遊んでいるときは上機嫌だったのに、女の子たちがやってきていったん三人の集団になり、加わった二人がふたたび抜けてゆくことで、寂しさが認識されるようになったのでした。つまり、夕暮れが来たとき子供たちが、「お帰りなさい」をめぐって孤独の危機を感じるために必要な要素は、夕陽の色とか光といった特殊効果ではなくて、「子供たちが複数（集団）で、家から離れている」ことなのです。

「子供たちが複数で、家から離れていること」――あまりに日常茶飯事で、わざわざ書くことでもないと見えるはず。しかし、ちょっと先入観を排して考えてみましょう。

仮に、子供たちが日がな一日、親たちと一緒に行動していれば、「迎えにきてもらえるかどうか」とか、「「お帰りなさい」と言ってもらえるか」といった懸念は、そもそも生じないでしょう。家族がいつも一緒にいれば、「からすと一緒に帰る」必要もない。

たまたまひとり遊びに出て夕暮れが迫れば、「帰らなきゃ」という気持ちにもちろんなるでしょうが、何度も繰り返して習慣になっていなければ、パブロフの犬的に「夕陽＝寂しい」と刷り込まれることもないわけです。
けれども、なにかの理由で子供たちが昼間、集団で家（家族共同体）から切り離されてしまうとどうなるか。みなが一緒にいる昼間は楽しくていいですが、夕方になると、「誰が迎えにきてもらえて、誰がきてもらえないか」という格差が子供たちのあいだで生じます。つまり、「子供たちが複数で、家から離れていること」という条件が揃うと、子供たちは「お帰りなさい」を求めるようになるのです。

では、子供たちはなんで、昼間、家族共同体から離れて別の集団へと吸収されなければならないのか……そう、「学校」があるからです。

子供たちは朝、家族の共同体から切り離されて学校に行き、子供たちだけで授業を受けて、一日のある時点で、もといた家族共同体に再吸収されます。再吸収のタイミングは、子供や日によって、必ずしも一定ではありませんが、（今日のような、お弁当持っての塾通いや、コンビニで買い食いできる時代になる前は、原則、自宅でしかゴハンが食べられませんでしたから）「夕食」の時間が、家族共同体に再編成されるリミットとなります。そのことゆえに、夕暮れどきは、ウルトラマンのカラータイマーやエヴァンゲリオンの活動限界よろしく、子供たちの心にアラートを鳴り響かせる、というわけです。

逆に言えば、それが「夕方」である必然は、本来とくにありませんでした。たとえば学校が夜の十一時ごろ始まって、そこでの共同生活から明け方に家族共同体に戻るような制度だったら、子供たちが「もう帰らなきゃ」という焦りを感じるのは明け方だったかもしれません（たとえば「飲んで始発で朝帰り」が習慣化しているひとにとっては、白々と夜が明けることが「帰らなきゃ」感の始動鍵であるはずです）。

けれども、私たちの「学校」は、朝に始まって午後から夕方にかけて終わるのを常態としました。「お帰りなさい」というイメージが「夕陽」と結びついたのは、それゆえなのです。

義務としての教育

じつは、そもそも「子供」という概念自体が人為的なものだと、先に出てきた柄谷行人は『日本近代文学の起源』のなかで書いています。

> 子供としての子供はある時期まで存在しなかったし、子供のために、とくにつくられた遊びも文学もありはしなかった。

それを作り出したのは、私たちがいまや「あって当然、通って当然」と思っている、小・中学校の「義務教育」でした。義務教育の歴史は、日本では一八七二（明治五）年に「学制」が公布されて始まっています。自国の労働力を練成し、資本主義国家間の競争力を高める目的で作られたこの制度は、初期には、子供を学校に通わせる義務、つまり子供を親（の労働）から切り離すことが目的に含まれていました。

農業労働で譬えるとわかりやすいですが、産業の構造が家族単位であるときは、「子供」「大人」といった括りは流動的で、たとえば「体の大きくて強い十一歳」と「病弱な三十歳」とでは、たのもしいのは前者です。もちろん、就労できない年少者や老人、病人やけが人もいましたが、それ以外は、老若男女を問わず、それぞれがそれぞれの条件に適した労働を受け持つことになります。

ところが、家内制手工業を経て工場制手工業《マニュファクチュア》や工場制機械工業へと産業形態が変化すると、労働形態の流動性は減少してゆきます。並行して義務教育制度が導入されることによって、学校に通う子供と労働する大人、という区分があたかも自明であるかに感じられるようになったのでした。

ここでもうひとつ注目したいのは、義務教育の「義務」性です。なにしろ文字通りの「義務」ですから、いまこの本を読んでいるみなさんも含め、義務教育制度成立以後の時代を生きたひとのほぼ誰もが、小学校や中学校に行った経験を持っていることになります。もちろん一部には、不登校などの理由で恒常的には通わなかったひともいるでしょうけれど、「不登校」とそれが呼ばれるのは「登校」が先行してあるからで、それもまた、「義務としての教育」の概念に由来しているわけです（「義務ではない」もの、たとえば「パチンコ屋通い」や「アルバイト」に、「不パチンコ」や「非アルバイト」という言葉は成立しないのですから）。

そうして、小学校や中学校に義務として通った経験を持つということは、そのひとたちはみな「登校＝昼間の子供共同体での生活」と、「下校＝夜の家族共同体への再吸収」を経験していることになります。ということはつまり、ほぼ誰もが「夕陽」と「お帰りなさい」（あるいは「さようなら」）の関係を、幼少時に刷り込まれている、ということになるわけです。

映画『ＡＬＷＡＹＳ　三丁目の夕日』（とその続篇の予告篇）が、「あなたにも三丁目があるでしょう？　で、そこに帰りたいでしょう？」と自信満々に私たちに語りかけるのは、そういう基盤が私たちの生活と文化にあるからですし、だからこそ、私たちはその誘いに乗って、夕陽をバックに行われる家族と愛情の物語や、夕陽がさすなかで生じる友達との別離――たとえば、そう、唱歌『今日の日はさようなら』をバックに、『ヱヴァンゲリヲン新劇場版：破』で、アスカを乗せたまま使徒に乗っ取られたヱヴァンゲリヲン3号機を、シンジを乗せたまま暴走するヱヴァンゲリヲン初号機が破壊する場面——を観て、誰もが素直に「感動」してしまいそうになるのでした。

第七章　メロスはなんで「走る」のか

夕陽と『走れメロス』

「夕陽」が私たちを誘いこむ、「お帰りなさい」と「さようなら」の罠。そう思うと、とたんにあらゆる夕陽が疑わしく思えてきます。

思えば筆者自身、初めて煙草を吸った二十ン年前の初夏、当時はまだ規制もゆるく、街の煙草屋さんで父親のおつかいのような顔をしてやすやす手に入ったそれを、夕陽さす井の頭公園の橋上で銜えた恥ずかしい記憶があります。エヴァンゲリオンに乗れてしまいそうな年齢のころの話、どうみてもいま言うところの「中二病」だと長らく恥じてきたのですが、否、きっと夕陽のせいだったに違いありません。カミュの名作『異邦人』の主人公ムルソーだって、「太陽のせい」でひとを殺すのですから、きっとそうだ。

……などという与太話はともかく、「夕陽」に私たちがやすやすと騙されている好例が、日本文学の名作にもいくつもあります。なかでもいちばん凶悪なのは、芥川賞がほしくてしようがなかった男・太宰治の、あの作品でしょう。そう、『走れメロス』です。

太宰の『走れメロス』といえば、「青春文学ベストテン」などを挙げるとたいがい高い確率で顔を出してくる人気作。筆者が以前担当していた「文学における青春像」なる講義でも、学期の終わりにレポート課題で「過去に読んで感動した青春文学を挙げてください」とかとサービス問題を出すと、あさのあつこや恩田陸、重松清らと並んで、というか彼らを上回って挙げられるのがこの作品で、おおよそ三人か四人にひとりは『走れメロス』と書いてきます。

いまでも文庫や絵本あわせて二十を軽く上回る本が刊行されていて、一九九三年には小田和正がテーマソングを歌う文部省推薦のアニメになり、日本ファンタジーノベル大賞出身の山本周五郎賞作家・森見登美彦は『新釈　走れメロス　他四篇』としてリメイク、つい先頃も「青い文学」シリーズとしてこれまたリメイクのアニメが作られ、漫画化された回数も一度ならず。アマゾンで「走れメロス」を検索すると同タイトルのポルノまで出てきますから、ほとんど「メロス王国」と呼びたくなるような繁栄ぶりです。

本書の話題の中心である、「世界のムラカミさん」までもが、「僕という人間について（ある程度）正直に書くこと」にした「一種の「メモワール」」でもあるという『走ることについて語るときに僕の語ること』のなかで、アテネからマラトンまでの四十キロを走るため、わざわざギリシアまで行った話のなかで「酷暑による消耗を避けるためには、早朝のまだ暗いうちにアテネを出て、太陽が高く昇らないうちにゴールに到着するしかないという結論に達した。（…）これじゃまるで「走れメロス」、文字通り太陽との競争である」と書くのですから、「メロス王国」恐るべし、です。

そんな人気の「メロス」、正義と友情の話だということになっていますが、とんでもない。あれはほとんど、ジャイ○ンを主人公にした、猫型ロボットの出てこない『ドラ○もん』です。嘘だと思うひとは、いますぐグーグルさんとかヤフーさんとかに「メロス　青空文庫」と聞いてください。そこには、こんな事件の様相が書かれているはずです。

勇者メロスの欺瞞

メロスは激怒した。必ず、かの邪智暴虐の王を除かなければならぬと決意した。メロスには政治がわからぬ。メロスは、村の牧人である。笛を吹き、羊と遊んで暮して来た。けれども邪悪に対しては、人一倍に敏感であった。

主人公がいきなり「邪智暴虐の王を除」くこと、つまり王殺し＝革命を決意するのが『走れメロス』のオープニング。でも、いきなり告白されるのは、「政治がわからぬ」という事実です。「笛を吹き、羊と遊んで暮して来た」けれども「邪悪に対しては、人一倍に敏感」だからという革命の動機は、昭和の人気映画『男はつらいよ』の主人公・フーテンの寅さんが、競馬新聞片手に「俺ぁ難しいことはわかんねえけどよ、悪イことは許せねえんだよな」と言いながら首相官邸に突入、みたいな頼りなさを感じさせます（実際の寅さんはこんなセリフは言っていませんが、競馬で大穴を当てたりはしています。そういえば「十六の、内気な妹と二人暮し」とシスコンの気配があるのも共通点）。それはそれである意味麗しくはありますが、そんなんで革命が成功しちゃったら楽なもの。メロスも見事、というか、あっというまに逮捕されるのですが、そのときの顚末はこんな感じ。

メロスは、単純な男であった。買い物を、背負ったままで、のそのそ王城にはいって行った。たちまち彼は、巡邏《じゅんら》の警吏《けいり》に捕縛《ほばく》された。調べられて、メロスの懐中《かいちゅう》からは短剣《たんけん》が出て来たので、騒《さわ》ぎが大きくなってしまった。メロスは、王の前に引き出された。

ロールプレイング・ゲームふうに言えば、「なまえ＝メロス　しょくぎょう＝ひつじかいレベル＝1　とくぎ＝ふえふき　ぶき＝たんけん　ぼうぐ＝かいものかご」。そんな主人公がいきなり最強の敵に遭遇、です。

「この短刀で何をするつもりであったか。言え！」暴君ディオニスは静かに、けれども威《い》厳《げん》を以《もっ》て問いつめた。（…）

「市を暴君の手から救うのだ。」とメロスは悪びれずに答えた。（…）暴君は落着いて呟《つぶや》き、ほっと溜息《ためいき》をついた。「わしだって、平和を望んでいるのだが。」

「なんの為《ため》の平和だ。自分の地位を守る為か。」こんどはメロスが嘲笑《ちょうしょう》した。「罪の無い人を殺して、何が平和だ。」

さすがは主人公、レベル1でも威勢よく、お前を倒して町を救うと堂々宣言。「なんの為の平和だ。自分の地位を守る為か」とタメ口で挑発です。が、相手もラスボス、「桃太郎」の鬼や「かちかち山」のタヌキよろしく「ごめんなさい、もうしません」などと、そうやすやすと降参はしません。「だまれ、下賤《げせん》の者」と一喝した王は、メロスに向かってこう言います。「口では、どんな清らかな事でも言える。わしには、人の腹綿の奥底が見え透《す》いてならぬ。おまえだって、いまに、磔《はりつけ》になってから、泣いて詫《わ》びたって聞かぬぞ」

レベル1でも怖じずに敵の根城に乗り込みラスボスに立ち向かったわれらが勇者メロスのこと、たとえ相手が最高権力者であろうと、どんなふうに脅されようと、動じることなどありはしまい……と思って見守っていると、どうも雲行きが怪しくなってきます。

「ああ、王は悧巧《りこう》だ。自惚《うぬぼ》れているがよい。私は、ちゃんと死ぬる覚悟《かくご》で居るのに。命乞《ご》いなど決してしない。ただ、――」

ただ⁉「ただ、」ってなんだ⁇

（…）メロスは足もとに視線を落し瞬時《しゅんじ》ためらい、「ただ、私に情をかけたいつもりなら、処刑までに三日間の日限を与《あた》えて下さい。たった一人の妹に、亭主《ていしゅ》を持たせてやりたいのです。三日のうちに、私は村で結婚式を挙げさせ、必ず、ここへ帰って来ます。」

好きな同級生への告白直前の中学生か、それとも「がんばりましょう」満載の通知表をママに差し出す小学生か。ともあれ急にモジモジしだした勇者メロスは、先程までのタメ口挑発もどこへやら、「私に情をかけたいつもりなら、処刑までに三日間の日限を与えて下さい」と、突然「ですます」調で哀願します。しかも「情けをかけたいつもりなら」って、王の口からは「情け」の「な」の字も出ていません。

この時点でもう勇者の化けの皮が剝がれた感のある主人公ですが、ヘタレっぷりはいよいよ加速。「とんでもない嘘《うそ》を言うわい。逃《に》がした小鳥が帰って来るというのか」と挑発し返すラスボスに、「そうです。帰って来るのです」と、「メロスは必死で言い張った」。「必死」で「言い張る」なんて、ほとんど子供の喧嘩です。

「私は約束を守ります。私を、三日間だけ許して下さい。妹が、私の帰りを待っているのだ。そんなに私を信じられないならば、よろしい、この市にセリヌンティウスという石工がいます。私の無二の友人だ。あれを、人質としてここに置いて行こう。私が逃げてしまって、三日目の日暮まで、ここに帰って来なかったら、あの友人を絞《し》め殺して下さい。たのむ。そうして下さい。」

「勇者」メロスの狼狽っぷり、いよいよ目も当てられなくなってきました。「邪智暴虐の王を除かなければならぬ」と革命の決意とともに登場したはずが、いつのまにやら「三日間だけ許して下さい」と、すっかり減刑を乞う罪人モード。

「妹が」、と口にしたときだけシスコンの誇りにかけて「待っているのだ。そんなに私を信じられないならば、よろしい、」とちょっと威張ってみたりしますが、何を言うかと思えば「無二の友人」を「人質」に差し出す提案。自分が逃げたときにはその友人（といってもそもそも

「あれ」呼ばわりですけれど）を「絞め殺して下さい」と、殺害方法まで指定する始末です。「たのむ。そうして下さい」というくだりに至っては、自分を逃がして欲しいと望んでいるのか友人を絞め殺してほしいと依頼しているのか、もうぜんぜんわかりません。続く箇所を読めば、メロスとセリヌンティウスが会うのは「二年ぶり」なのですから、二年も会っていない友人（もと友人、という方がいいくらいです）を、本人の許可なく命の危険にさらす約束をしてくるメロスの姿は、正義の主人公というよりは、ほとんど架空名義で献金をする政治家か、他人に勝手に生命保険をかける詐欺師のようです。

この時点で物語はまだ冒頭四分の一。この先も不実なメロスは妹の結婚式を突然「あすやる」と言い出して周囲を困らせたり、その席でさんざん深酒して爆睡したり、新郎新婦に「俺の妹／義弟であることを誇れ」と言ったり、自分の注意力不足で川の増水を想像できなかったのを神様のせいにしたり、山賊を被害妄想で王の手下とみたり、犬を蹴ったり、行きはせいぜい五〜六時間で着いたシラクスから村までの約四十キロを、帰りは途中の昼寝を挟んで日中まるまるかけてみたり（マラソン選手なら二時間ちょっとで着く距離です）、「邪悪に対しては、人一倍に敏感」だとはとうてい思えぬ横暴と怠慢っぷりを発揮します。

森見登美彦の『新釈　走れメロス　他四篇』は、中島敦『山月記』、芥川龍之介『藪の中』、坂口安吾『桜の森の満開の下』、森鷗外『百物語』と太宰治の『走れメロス』を、現代の京都の学生生活に移してギャグや下ネタを加えたパロディで、ストーリー自体も、「こうイジるんだ?」という作者の開き直りっぷりも、どちらも爆笑モノなのですが、こと『走れメロス』にかんしては、桃色のブリーフで踊るパロディよりも太宰の本編を読む方が、「あれ、こんな話だっけ?」と驚きながらはるかに笑えるのでオススメです。

ともあれ。そんなこんなで挙げ句の果てに、本書の「はじめに」で書いたように、「間に合う、間に合わぬは問題でないのだ。人の命も問題でないのだ」ですから、その姿はほとんど、『ド○えもん』の「の○太」と「ジャ○アン」の悪い部分の混合体。「お前のものはオレのもの、オレのものもオレのもの、だけどぼくもうだめだよドラえ○ん〜……」です。深夜とつぜん王城に呼ばれたと思ったら、二年も会っていなかった「自称・竹馬の友」に「悪イけど、オレの身代わりになってくんない?　オレが帰るの遅れたらお前死刑だけどさ、たぶんちゃんと帰ってくっからよ。あ、あと、もしそうなったときには磔じゃなくて絞首刑にしてくれるよう頼んどいたから」とまくしたてられて文句ひとつ言えないセリヌンティウスのひとの良さと比べると、メロスのジャイ○ンっぽさが、ますます光っています。

けれどもここでの注目は、そんなメロスの「困ったちゃん」ぶりでなく、いったいなんの気まぐれで読者たちは（それもけっこうな人数が）、あんな主人公の自作自演な「友人救出劇」に、つい「感動」などしてしまうか、ということの方です。

読めば読むほど、メロスなる若者はたんに空気の読めない乱暴者で、そのくせ自分に甘いへタレなのに、そんなことをきれいさっぱり忘れて私（たち）はどうして、沈む夕陽に向かって走るメロスを応援し、彼が友人を助け出せるかどうかにドキドキし、そうしてきっと助け出せるはずだと信じてしまうのか。「わけのわからぬ大きな力」という、それ自体わけのわからない一行の不自然さを、どうして見逃してしまうのでしょうか。

そこに、例のアレが容疑者として浮上してきます。

夕陽の魔力

「夕陽」が「お帰りなさい」や「さようなら」と結託して、私たちの感情を揺らしがちであることは、すでにお話ししました。『ＡＬＷＡＹＳ　三丁目の夕日』は近年最大の成功例、一作目で三百万、続篇では四百万人近いひとびとの涙腺を刺激するのに成功したのです。

「メロス」もむろん、夕陽とたいそう友好的な関係を結んでいます。「『走れメロス』の印象深い場面をひとつ言ってください」と聞いたら、かなりの割合のひとたちが（ふたりにひとり、あるいはもっと?）、夕陽をめざして走るメロスの姿を挙げるはず。実際、「走れメロス」で検索して出てくるメロス関連商品でも、多くがそんな場面を描いています。そんなイメージを「メロス」に与えているのは、こんな場面です。

路行く人を押しのけ、跳《は》ねとばし、メロスは黒い風のように走った。野原で酒宴《しゅえん》の、その宴席のまっただ中を駈《か》け抜け、酒宴の人たちを仰天《ぎょうてん》させ、犬を蹴《け》とばし、小川を飛び越《こ》え、少しずつ沈んでゆく太陽の、十倍も早く走った。一団の旅人と颯《さ》っとすれちがった瞬《しゅん》間《かん》、不吉《ふきつ》な会話を小耳にはさんだ。「いまごろは、あの男も、磔《はりつけ》にかかっているよ。」ああ、その男、その男のために私は、いまこんなに走っているのだ。その男を死なせてはならない。急げ、メロス。おくれてはならぬ。愛と誠の力を、いまこそ知らせてやるがよい。風《ふう》態《てい》なんかは、どうでもいい。メロスは、いまは、ほとんど全裸体であった。呼吸も出来ず、二度、三度、口から血が噴《ふ》き出た。見える。はるか向うに小さく、シラクスの市の塔楼《とうろう》が見える。塔楼は、夕陽を受けてきらきら光っている。

この直前には、メロスが自分で「走れ！　メロス」と自分を励ます独白があり（よく考えると、自分で自分を名前で呼ぶというのも、たいがいイタいですが)、タイトルのリフレインであるその台詞の効果もあって、いかにも読者の印象に残るくだり、ではあります。みなさんも子供のころに読んで、共感や感動を覚えた記憶があるかもしれません。

「メロスは、いまは、ほとんど全裸体であった。呼吸も出来ず、二度、三度、口から血が噴き出た。見える。はるか向うに小さく、シラクスの市の塔楼が見える。塔楼は、夕陽を受けてきらきら光っている」と、短いセンテンスで畳みかけるリズムは、まさに必死で走っているよう。さすがは太宰、とうならせてもくれます。

なのに。こんなに感動的な場面の直後に、本書の冒頭で引用した、あの意味不明な一節があるわけです。

「誰《だれ》だ。」メロスは走りながら尋《たず》ねた。

「フィロストラトスでございます。貴方《あなた》のお友達セリヌンティウス様の弟子《でし》でございます。」その若い石工《いしく》も、メロスの後について走りながら叫《さけ》んだ。「もう、駄目《だめ》でございます。むだでございます。走るのは、やめて下さい。もう、あの方をお助けになることは出来ません。」(…)

「いや、まだ陽は沈まぬ。」メロスは胸の張り裂《さ》ける思いで、赤く大きい夕陽ばかりを見つめていた。走るより他《ほか》は無い。

「やめて下さい。走るのは、やめて下さい。いまはご自分のお命が大事です。あの方は、あなたを信じて居りました。刑場《けいじょう》に引き出されても、平気でいました。王様が、さんざんあの方をからかっても、メロスは来ます、とだけ答え、強い信念を持ちつづけている様子でございました。」

「それだから、走るのだ。信じられているから走るのだ。間に合う、間に合わぬは問題でないのだ。人の命も問題でないのだ。私は、なんだか、もっと恐《おそ》ろしく大きいものの為《ため》に走っているのだ。ついて来い！　フィロストラトス。」


「間に合う、間に合わぬは問題でない」「人の命も問題でない」!?　刑場で死を覚悟しながらメロスを待っているセリヌンティウスに聞こえたらどうするの。事実、「ついて来い！」とメロスから無駄に力強く命令されたフィロストラトスはこのすぐ後に、「ああ、あなたは気が狂ったか。それでは、うんと走るがいい」と、ほとんど見放したように（あるいは、呆然とする読者の代弁をするように）呟くのですが、そんなことも意に介せず、メロスはこんなふうに走り続けます。

まだ陽《ひ》は沈《しず》まぬ。最後の死力を尽《つ》して、メロスは走った。メロスの頭は、からっぽだ。何一つ考えていない。ただ、わけのわからぬ大きな力にひきずられて走った。

結果、たまたま日没ぎりぎりに間に合うことで、物語は「友人を助けるため、自分の命もかえりみず必死で走ったメロス」という大団円的な帳尻合わせに成功します。そのことが、『走れメロス』は感動物語だという印象をより固めもしたでしょう。加えて、容疑者である例のアレ、つまり、〝友達との「さようなら」〟が日々のちょっとしたせつなさとして訪れる夕暮れどき、同時に、「お帰りなさい」と言ってもらえるかどうかのドキドキ——ふたつの共同体間を日々行き来して、「友達とお別れかも！」「約束した時間までに帰れないかも！」という別離の予感ふたつを日々経験している子供たちにとって、きわめてなじみ深いスリルの象徴としてある「夕陽」の印象の強さが、それ以外の細かい部分を読みとばさせるのもほぼ確実です。

だから「わけのわからぬ大きな力」＝メロスに「間に合う、間に合わないはどうでもいい」と言わせてしまう力とは、シラクスの塔楼の向こうに見える「夕陽」なのだ——と言ってしまいたいのですが、話はもうちょっと続きます。

教科書と文学の蜜月

「『走れメロス』クライマックスばかりが印象に残る問題」と、設定としての「夕陽」の関係は、とりあえずそんな感じです。

同じ太宰の小説で、大事な局面になるとどこからか金槌で釘を打つ音が聞こえて醒めてしまう青年からの手紙を描いた『トカトントン』という短篇があって、じつはそこにも、青年が「まっぱだかにパンツ一つ、もちろん裸足で、大きい胸を高く突き上げ、苦悶の表情よろしく首をそらして左右にうごかし、よたよたよたと走って」くる場面があります。それをみて「私」が一瞬、「実に異様な感激に襲われ」る話があるのですが、そこでもトカトントンの音がして「私」はすぐまた醒めてしまうし、読んだ私（たち）もあまり印象をおぼえないのは、それが「午前十時少し過ぎ」という、わりとどうでもいい時間だったからかもしれません。

ともあれ、「はじめに」で書いた「謎その(2)」の解決篇としては、『ALWAYS　三丁目の夕日』の話からの流れを読めば、「まあ、そんなもんだよね」とだいたい予想の範疇に収まりますが、ひとつ、途中で生じたまだ解けぬ、こんな謎が残っています。

夕陽を設定に有効利用した話はなにも「メロス」ばかりでなし、なのになぜ、「メロス王国」はそんなに繁栄しているのか。筆者が教えた大学生の三分の一か四分の一がメロスに打たれていたのはもとより、ときにあの村上さんまでもが「これじゃまるで「走れメロス」」だなんて書いてしまいます。「汁粉に塩、喪服に真珠」のキメワザを持つ彼に、あまりに実直な比喩を選ばせるなんて、メロスはいったいどんな魔術《マジック》を使ったのでしょう。

その秘密は、わかってみればごく単純なハナシです。

私（たち）は人生のさまざまな局面で本を読みます。小説であってもコミックであっても実用書や思想書であっても、読むシチュエーションは千差万別。手軽に持ち運べて、その中に詰まっている物語や知識をいつどこでも楽しむことができるのが、この数百年、「本」が携えてきた性質でした。しかし、そのなかで『走れメロス』は珍しく、読むシチュエーションが限定されている小説なのです。

その「限定されたシチュエーション」がどこで、どんな状況なのか、みなさんも自分がいつどこで『走れメロス』を初めて（そしておそらくは、多くの場合その一度きり）読んだのか、思い出してみてください。おそらく、その回答はかなりの率で重複しています。とりわけ一九六〇年以降に生まれたひとは、八割がたが同じ答えかもしれません。あなたが初めて『走れメロス』を読んだのは、学校の（それも中学生時代の）教室ではありませんでしたか？

学校で用いる教科書の審査をする「教科書検定」というものがあります。社会科教科書の歴史記述でしばしば話題になりますが、他教科にかんしてももちろん検定があり、それを通った教科書を対象に、各都道府県や市区町村の教育委員会が、自分たちのところで使う教科書を決めるわけです。そういうシステムですから、私たちがふつうに書店で本を選ぶほど、そこに自由はありません。実際、二〇〇二(平成十四)年に定まった現行の学習指導要領(二〇一〇年六月現在)に基づき検定、採択された中学校の国語教科書は、主要五社(学校図書、教育出版、三省堂、東京書籍、光村図書出版)にほぼ占められています。

そうして、驚くべきことに、『走れメロス』はそのすべてに収録されています。

国内最大の教科書図書館として明治以降十四万冊の教科書および教育関連書籍を収めた東書文庫(東京都北区)で調べられた範囲では、『走れメロス』が学校教科書に採用されたのは、一九五六(昭和三十一)年に言語学者・時枝誠記が監修した中教出版版「国語 総合編 中学校2年上」が最初です(メロスの行為が貴く美しい、というミスリードも、この教科書に掲載された「友情や信義を命より大切に思っているけだかい人間がいるのだということを示して、そしてメロスの行為がどんなにりっぱなものか、美しいものか」示そう、という解説文にありそうです)。

そこから時を置かず、教科書の「メロス熱」は一気に高まり、一九六〇年代でも半数弱、七〇年代以降は八割を超えて、中学二年(ないしはその前後)の国語教科書が『走れメロス』を採用してきました。ということは、一九六〇年代以降に義務教育を受けた世代のほとんどが、学校の教室で『走れメロス』を読んだ(読まされた)経験を持っているわけです。一九四九(昭和二十四)年早生まれのムラカミさんが中学生になるのは一九六一(昭和三十六)年。彼の学んだ芦屋の中学校がその教科書を採用していたかどうかはわかりませんが、世間ではすでに「メロス熱」が始まっていました。

逆に考えれば、教科書で読んだ作品をわざわざほかで読み返す機会はそう多くないでしょうから、この国の『走れメロス』の読書経験は、ほぼ、中学校(とその時代)に占められることになる。太宰治が書いた時点ではもちろんそうではなかったわけですが、いまや『走れメロス』は、義務教育とセットになっているわけです。

なぜ教科書の「メロス熱」がそれほど高まったのか。はっきりとした合意が形成された痕跡はありませんから、想像の域を出ませんが、ひとつの会社の教科書に同じ作品が採用され続ける大きな理由には、作品が新しくなると現場の先生の授業研究や予習の負担が大きい、ということがあります。ところが、前記したように教科書の採択は主に市区町村単位ですから、同じ都道府県内の別の教科書を採択している地域間を教員が異動することもある。ならば、掲載作品のうちの幾分かは、会社をまたいで共通が望まれもするだろうことは、想像に難くありません。いわゆる「定番教材」というやつです。

とはいえ、かつて国語教科書の定番だった新見南吉『ごんぎつね』や『てぶくろをかいに』が次第に外れてきたように、そうはいってもほとんどの定番教材は、年とともに順次入れ替わってきました。にもかかわらず『走れメロス』だけは、国語教科書の代表のように居すわり続けている。ならばそれは、前節まで見てきたとおり、義務教育制度と不可分な近代以降の「夕陽」信仰を、『走れメロス』が無意識のうちに象徴してきたからに違いありません。小学校時代を経て義務教育の終わりに近づく中学二年生たちは、過去に（あるいはその延長としての現在でも）、「夕陽」と「お帰りなさい」の関係を、無意識のうちにも生きています。そんな共通の経験を持った子供たちに、「夕陽」が効果的に使われている『走れメロス』を読ませれば、少なくとも、ほかのさまざまな教材よりは、「あるある」と反応してくれる。ということは教師にとっても教えやすい場合が多いでしょうし、家族共同体から切り離された教室でそれを読むことは、「夕陽」への情緒を再確認しやすくもなるはずです。そうして再確認した情緒は、より強く刷り込まれることになる……そうやって中学時代を過ごしたことが、のちに『ALWAYS　三丁目の夕日』に感動する土壌を培った、とまでは言い過ぎかもしれませんが、それらはどれも密接に繋がっているのです。

そういえば、前章でとりあげた「お手々つないで　みな帰ろう　からすと一緒に　帰りましょう」の『夕焼小焼』作詞者の中村雨紅と作曲者の草川信も、学校教員でした。

このように、「夕陽」と「学校」そして「文学」は、ときにほとんど共犯関係のような姿を見せます。村上春樹と芥川賞の関係からはずいぶん遠くまで散歩してきましたが、そこに戻る前に次章と次々章では、もう少し時代を遡ってみましょう。そのことが、日本近代の「文学」には〝根っこ〟からかかわってきます。

第八章

「明治」から考える

偏った視線

村上春樹と芥川賞との関係から出発した私たちのカメラはさらに、日本近代の「文学」の〝根っこ〟を探して、村上春樹の生まれた一九四九（昭和二十四）年から一世紀弱、太宰治の生まれた一九〇九（明治四十二）年からも半世紀ほど遡ります。一八五三（嘉永六）年七月。マシュー・カルブレイス・ペリー率いる「ミシシッピ号」ほか三隻の軍艦が浦賀を訪れ、そこから日本が開国に向かったことや、江戸幕府が倒れて明治政府が誕生したことは、みなさんよくご存じの通りです。

幕末から明治維新の動乱については、土方歳三や沖田総司といった「新撰組」隊士の面々や坂本龍馬に勝海舟といったひとたちの活躍とともに、さまざまな物語として書かれ、語り継がれました。司馬遼太郎『竜馬がゆく』や子母澤寛の「新選組三部作」らの小説で読んだ方も多いでしょう。そこでは、日本が近代国家として生まれ変わる時期の壮士たちの活躍が、じつにいきいきと描かれています。それらを原作としたコミックにも小山ゆう『お〜い！　竜馬』はじめ名作と呼べる作品がありますし、大河ドラマもふくめ、彼らはせつないほどにかっこいい。私もまた、かつてそうした作品に耽溺しました。

しかし。別のカメラから見ると、いささかちがった光景が見えてきます。

土屋喬雄・玉城肇の訳した『ペルリ提督　日本遠征記』によれば、たとえば、横浜から上陸した直後の光景について、彼は次のように捉えています。「家の奥は全く質素で、一つの大きな部屋になっていて柔らかい畳が敷いてあり、油紙窓で明かりをとり、粗野に描かれた絵がかけてあり、例の赤い腰掛けが設けられてあった」「女達は裸足で、脚部に何もつけず、殆ど同じような黒い色の衣服を着ていた。それは我々の夜着にひどく似たものであった」「黒い髪を男と同じように頭の頂きに結んでいたが、前の方を剃ってはいなかった」

（『日本遠征記』）

こんなふうに、ペルリ（ペリー）の目から見た日本人は、いささか風変わりな存在でした。一七二六年にイギリスの風刺作家ジョナサン・スウィフトが描いた『ガリヴァー旅行記』で、主人公ガリヴァーが「服装も、容貌も、こんな奇妙な人間を私はまだ見たことがなかった」「召使の服装をした男たちは、短い棒の先に、膀胱をふくらませたものをつけて持ち歩いています（…）あとで知ったのですが、この膀胱の中には、乾いた豆と小石が少しばかり入っています」などと飛島《ラピュータ》の人々の暮らしを観察するときと、隔たりの感覚は似たようなものです。『日本遠征記』にはほかにもさまざまに、日本と日本人の姿とが描かれますが、そこにはペルリ提督の興味や驚き、とまどいが、隠すことなく書かれていました。

考えてみれば、髷を結って月代を剃り、腰には長い刃物を差して裃やら袴やらを纏ったわれらがサムライの姿は、頭部の左右を「モホーク刈り」に剃って腰から蛮刀を提げた半裸のマヒカン族と、見方によっては同じ方向性です。マイケル・マンの映画『ラスト・オブ・モヒカン』とエドワード・ズウィックの映画『ラストサムライ』は、一方は先住民族の哀しい宿命として、他方は武士道がアメリカ人をも感化する話として、日本でそれぞれ人気を博しましたが、日本人以外から見たならば、両者は同じ箱に入るに違いありません。そういえばタイトルもよく似ています。

歳三や龍馬にしても同じこと。彼らはそれぞれに維新に際して反幕府勢力の弾圧や薩長同盟の締結などに大きな役割を担ったのだと物語られますし、彼らの織りなした歴史の末裔であるところの私たち現代日本人からはあまりに輝かしく見えます。けれども、イスラムの部族間の争いが遠く日本からはアラビアンナイト的な戯画として映りがちなのと同様、開国を迫るペリー側から見ればせいぜいが極東の島国での内戦。さして違いはないのです。

もちろんこれは、一方からの視点での話。鎖国とはいっても長崎の出島をはじめ、限られた場所での交易・交流は行われていましたし、通訳だってちゃんと機能していましたから、すべてが戯画的に強調したほどに遅れていたわけではありません。実際、ペリーも『遠征記』のなかで、サスケハナ号のブキャナン船長に親書の交換をめぐる交渉に来た浦賀奉行・香山榮左衛門のことを「彼等の知識や常識も、その高尚な態度や物腰に比して決して劣らぬものであった。彼等は啻《ただ》に上品であったばかりではなく、その教育も悪くはなかった」と讃えています（とはいっても、地球儀を見せたらちゃんとワシントンとニューヨークに「指を置いた」と感嘆するあたり、〝上から目線〟も極まれりですが）。しかも、そのようにペリーの讃えた「奉行」がじつは奉行所与力の化けた替え玉だったというのですから、江戸のサムライたちもたいしたものです。彼等の邂逅から百二十年あまりを経た一九七八年にアメリカの批評家エドワード・サイードが著した『オリエンタリズム』は、ヨーロッパやアメリカの近代小説に描かれたアジアの姿がいかに偏ったものであり、無意識のうちにも東洋を〝遅れた西洋〟と見做そうとする歴史観を反映していることを指摘しましたが、『日本遠征記』に描かれた一八五三年のペリーもまた、けっしてニュートラルではありません。

しかし、私たちがいまあえてコミカルにトレースしてみようとするのは、サイードのような歴史的公正さを求める観察者の眼ではなくペリーたちの〝偏った視線〟です。なぜならばそうした〝偏り〟——それはたんに文化的な観察に限らず、政治的・軍事的・経済的……と、江戸末期のほとんどあらゆる局面において、欧米と日本とのあいだにあった〝偏り〟です——こそが、当時の日本と近代化された諸外国との間の〝隔たり〟の写し絵であり、たとえばその結果のひとつが、ペリー来航から五年後にアメリカの総領事ハリスと日本の政府間で結ばれた「日米修好通商条約」でした。

後に「不平等条約」と呼ばれることになるこの条約は、関税を自由に定める権利（関税自主権）が日本側になく、アメリカ人の治外法権（日本の法に縛られない権利）も認められているという、一方的なものでした。かつてネイティヴ・アメリカンと不平等な取引を繰り返してきた歴史を持つ側からすれば、未開の国家相手に対等であろうとする必要など、どこにもなかったのです。

まして同条約は、当時行われていた、中国（清）とそれを植民地化しようとするイギリス・フランスとのアロー戦争を横目に、そうした脅威からアメリカが日本を守ることを口実ともしていました。逆に言えば、条約を結ばなければ日本も中国と同じようにイギリス・フランスによって植民地化される、いやそれどころかアメリカ自身の手で植民地にするぞという脅しにほかならないのですから、平等でなどあろうはずがありませんでした。

それはほとんど、となりの市の〝亜米利加《アメリカ》中学〟からヤンキーの一団が無免の原チャに乗ってやってきて、特攻隊長ペルリと総長ハリスのふたりにメンチを切られながら、「お前ら、オレっちの下についてパシリになるのと、黙ってボコられるのとどっちがいい?」と聞かれているのと変わりません。井伊直弼や勝海舟といった〝ジパング中学〟を仕切っていた番格や、その一団とは別にツッパっていた新撰組たちは、どちらを選ぶかで内輪モメしながら、浦賀沖からパリラリ響くホーンの音に耳をそばだてていた、というわけです。

小説による「内面」の獲得

さて。そのような不平等が、いったい私たちの小説の〝根っこ〟に、どのような影響を与えたでしょうか。

一見、小説あるいは文学とはまるで関係のない歴史の話からこの章を始めましたが、そうした日本近代の始まりの光景が、この国の「小説」の成立に大きなかかわりを持っていたのだという見方が、いまでは定説になりつつあります。そのことについて整理するために、少しだけ、さらに遠回りすることにしましょう。

日本の近代文学の最初のムーヴメント、「小説」を江戸期以前の戯作や読本と差別化した動きは、明治なかばの二人の文学者、坪内逍遙と二葉亭四迷によって行われた「言文一致」運動だと言われています。

逍遙さんが一八八五（明治十八）年に著した理論書『小説神髄』によれば、「文運のいまだ開けざりし比にありては、世々の史伝を伝ふるには必ず唱歌を用ひたりき。（…）唱歌の伝ふる史伝の事蹟はやゝ本色を失ひつゝ、其本来の伝記に比すれば大異小同なるに至らむ」、つまり、文学がまだあまり発達していない日本では、たとえば史伝を伝えるにも旧来の「唱歌」のように、覚えやすい調子《リズム》を持った表現を選びがちであって、その結果どれもが似通ってきてしまうし、個々の登場人物の性質を描きわけることが難しくなる。十八世紀から十九世紀の西洋諸国から学んだ小説観をもとに「小説の主脳は人情なり、世態風俗これに次ぐ」と主張する逍遙からすると、それでは困ってしまうので、「唱歌」に代表されるような既存のフォーマットに取り込まれず、自由に書くよう訴えた……それがさきほど名を挙げた「言文一致」というわけです。

ところで、こうした考え方は、①先にひとびと個々の「人情」があり、②言葉はそれを書き写す（写実する）のだ、という、原因（①）と結果（②）の流れを前提としています。小学校の国語の時間に先生がよく「思ったことを自由に書きましょう」とかと言いますが、それもまた、「書く」より前に「思う」ことが存在するのだという、私たちがひごろ当然のように信じている因果関係に依っています。

けれども、驚くべきことに、六章で少し紹介した批評家・柄谷行人は、一九八〇（昭和五十五）年に発表した『日本近代文学の起源』のなかで、次のように言いました。「「言文一致」とは新たな「文」の創出であり、それこそが「再現」すべきものとしての「もの」を見出さしめたものである」――つまり、①先に新しい言葉ができて、そのことが、②その言葉で表現できる「人情」を発見させた、ということです。個々の感情があらかじめあるのではなくて、言葉がそれを作りだすのだ、と。

「発見」というと、「コロンブスがアメリカ大陸を発見」、「キュリー夫人がラジウムを発見」みたいに〝発見されるもの〟がまず先にあるようにふつう感じますが、必ずしもそうではありません。

倦怠期の恋人たちや夫婦において、少し前まではまるで気にならなかった相手のしぐさや振る舞いが、あるときから急に目について、そのことで相手を嫌いになる、ということがしばしばありますよね。そういうとき私たちは、「こんなひとだと思わなかった」とかと言って、それを理由に喧嘩をしたり相手と別れたりするわけですが、ほんとうの因果関係はたいていその逆。なんらかの理由で相手を嫌いになっていたからこそ、相手のしぐさや振る舞いのある一部が〝イヤなもの〟として発見されるわけです。たとえば、つきあい始めのころは「情熱的」と捉えていた相手の態度（毎日何度も電話をくれるとか、長文のメールをくれるとか）が、なにかのきっかけで「拘束したがる」とか「ウザい」とかと感じられるようになる、ことなどもその一例です。

そういう「発見」の特質は、言葉と概念の関係においてよりくっきり現れます。

たとえば、筆者が小学校の六年間を過ごした新潟では、まだ積雪の多かった時代のせいもあるのでしょう、寒さを表す言葉が何種類か使われていました。岩手県の小説家・宮澤賢治の作品などを読んでいても出てきますが、「凍《し》みる」とか「しばれる」とかといった言葉があって、たんに「寒い」というのとは、それぞれ違う寒さを指しています。

雪などほとんど降らない東京から引っ越した私には当初、ただただ「寒い」としか感じられなかったのですが（「ちょっと寒い」とか「すげえ寒い」とか計量的な修飾詞をつけて言い分けることぐらいしかできませんでした）、「凍みる」「しばれる」等の言葉を知って以降は、寒さに名前をつけることができるだけでなく、「これは〝凍みる〟だな」とか「今日は〝しばれる〟な」とかと、感じ分けられるようにもなる。

つまり、最初から違う寒さが「あって」それを発見するのではなく、表現が追加でインストールされることで、異種の寒さが概念のなかに「誕生」したわけです。

話を、坪内逍遙たちの時代に戻しましょう。「言文一致」という考え方は、当時の逍遙たちにとって、さまざまに存在する「人情」をより克明に書くための手段として認識されていました。けれども、柄谷行人の論や右の例で挙げたとおり、「言」と「文」を一致させることで逆に「発見」されていった「人情」があった、というわけです。そうして、そのことは、柄谷氏の言葉を借りれば、明治期つまり近代の発足した時期のこの国のひとびとの「内面」を構築してゆくことにつながりました。小説が内面を「描いた」のではなく、小説の言葉が描いた「内面」像を読むことでひとびとが近代的な「内面」を意識していった——それが、明治のなかばやや手前の「小説」と「社会」の関係でした。

それが江戸期からある戯作や読本よりも「小説」でなされた理由のひとつは、坪内逍遙のような、「唱歌」的なもの＝レディ・メイドな紋切型《あるある》に支配されていた戯作や読本では「新しい時代の内面」を認識するのは困難で、より自由な表現方法である「小説」のほうが好都合だ、といった考え方にあります。それじたいはあくまで「考え方」であって、きのうまで読本の人情噺を愉しんでいたひとたちがとつぜん「小説バンザイ」になるわけではありません。けれどもそれが、もうひとつの理由、「近代」という時代が持つ社会的・技術的特徴と結びついたとき、次第に大きな流れになってゆきます。

それはちょうど、メディアの過渡期である今日（二十一世紀の初頭）が、私（たち）の内面を大きく変えつつあるのともよく似ています。そのことは本書の最後の方で少しお話しするとして、そうやって「新しい時代の内面」を認識し構築することが明治当時の彼らにとって切実な必要だったのはなぜなのか。

それこそが、〃特攻隊長〃ペルリや〃総長〃ハリス率いる〃亜米利加《アメリカ》中学〃と、彼らに選択を迫られた哀れな蛮族（繰り返しますが、あくまで彼ら目線の話です）としての〃ジパング中学〃との、不平等な関係にかかわっています。

そしてそれは、すでにお気づきの方もいらっしゃるはずですが、「芥川賞はなぜ村上春樹に与えられなかったか」という問いをめぐって本書の前半で何度も出てきた、「アメリカなしにはやっていけないという思い」や、「限定し、承認するものとしてのアメリカ」というイメージと、さらには「恥ずかしい父」をめぐるそれとも、つながってくるのですが、とりあえずはもうしばらく、近代の始まりごろの「小説」の話を続けましょう。

新参者の洋化政策

右で例に挙げた坪内逍遙の『小説神髄』は、その書き出しの章である「小説総論」を、美術の話から始めました。

そこで彼は「近きころ某氏といふ米国の博識がわが東京の府下に於てしばしば美術の理を講じて世の謬説を駁されたれば（…）某がいはれたりし美術の本義を抄出して、其あたれるや否やを論じて、おのれが意見をも陳まく思へり」……ってもう、文語文なのでこれ自体異国の言葉のようですが（やっぱり百二十年って長いですね）、ようはアメリカの知識人の講演を参照し、それについて自分の意見を述べるぜ、という形式をとっています。

〝近代化〟をめざした明治初期の人々にとっては、アメリカをはじめとする西洋諸国を参照しながら自分たちのことについて考えるのが、スタンダードなやりかたでした。たとえば伊藤博文たちはドイツのそれを手本に憲法を、福沢諭吉らはアメリカを手本に学問を、前島密はイギリスを手本に郵便制度を……と、先行して「近代」を始めた国々を参照しつつ、日本の近代をつくり上げていったのです。「植民地化されるよりはみずから先進諸国の末席に」という〝正しい〟判断のもと、彼らは〝亜米利加《アメリカ》中学〟連合の一員になることを選んだのだと言ってもよいでしょう。

日米和親条約や日米修好通商条約、さらに続けてイギリスやロシアなどと結んだ様々な不平等条約は、商船の給油をはじめ一方的な義務を日本側に与えていますが、新入りなのだと思えばパシリを押しつけられるのもやむなきこと。ほとんど「ヤキソバパン買ってこい（しかも手書きの千円札で）」みたいな世界ですが、それだって、集団でボコられて裸で走らされるとか、無理やりチョークを食べさせられるよりは、はるかにマシだと感じられたはずです。

そんなふうに始まった関係ですから、当時〝近代国家〟の最年少者であった日本にとっての火急の要事は、怖い先輩たちの考え方や振る舞いを学んで自分もそれにあわせ、いつの日か彼らに追いつく一歩を始めることでした（そうして「そろそろいいかな」と下克上を試みたのが、のちの太平洋戦争や二十世紀末の村上龍的な「ヤンキー・ゴー・ホーム！」であり直後の「ジャパン アズ ナンバーワン」時代だったわけですが、それも九〇年代はじめに「調子ノッてんじゃねえよ」と先輩《アメリカ》にヤキを入れられて終わったのはみなさんご存じのとおりです）。

新参者の学習は、政治や社会の諸制度としても試みられましたが、それだけで十分ではありませんでした。ペリーの浦賀来航から数年、裃に帯刀で交渉に訪れた浦賀奉行（のニセ者）が洋装の明治政府に変わっても、多数の国民たちはあいかわらずの江戸時代、では困るわけです。そのため、福沢諭吉『学問のすゝめ』をはじめ、さまざまな洋化政策が進められてゆきました。断髪令で髷を禁止し、それまで習慣だった夫婦別姓を同姓へと書き換えて、グローバル先進国・スタンダードへと舵をきります。そうして、洋化の対象にはもちろん、生活習慣や見た目だけでなく、人々の考え方＝「内面」も含まれていました。

近代日本における「恋愛」の誕生

先の柄谷行人が、そうした「内面」構築の例として挙げたのは、「恋愛」の制度でした。二十一世紀初頭の今日私たちは、「婚活」が一時の流行語となる程度には、意図的な「活動」を伴うことのない「恋愛結婚」を、フツウなものと見做しがちです。けれども、それはけっして自明のものではなかったと、柄谷さんはいうのです。

北村透谷は（…）尾崎紅葉の小説さらに徳川時代の文学には「粋」はあるが、「恋愛」が欠けているという。「粋」とは遊廓内に成長した観念であり、（…）恋愛のように溺れるものではない。（…）古代日本人に「恋」はあったが恋愛はなかった。同じように、古代ギリシャ人もローマ人も「恋愛」を知らなかった。なぜなら、「恋愛」は西ヨーロッパに発生した観念だからである。

（『定本柄谷行人集1』）

比較文学の研究者で作家の小谷野敦が『日本文化論のインチキ』のなかで指摘していますが、

私たちがその言葉からイメージする「恋愛」全般に、右のハナシを適用できるかといえばそうでもありません。いま読んでいる方のなかにも、「『源氏物語』とかあんじゃん？」と感じたひともいるでしょう。小谷野さんも、いちどは「恋愛輸入品説」を唱えた谷崎潤一郎だって「では平安朝の『源氏物語』などはどうか、と自ら問う」ているではないか、と書いています。

そもそも「恋愛」という言葉に与える意味が、二十一世紀の私たちのなかでもかなり幅がありますから（自分たちの関係を、一方は恋愛だと思っていたけどもう一方は違った、ということはよくありますし、その逆に、お互いが「恋愛してる」と思っているけどよく話し合ってみると定義やルールがぜんぜん違った、なんてこともしばしばです）、ここでは、右の柄谷さんの文意をより正確にトレースして、「恋」と「恋愛」の違いを、「相手を好きだ（あるいは恋しい、寝たい等々）と思うこと」と、「最終目的に〝結婚〟を想定したうえでの、性的なものも含めた交際」としましょう。その視点で捉えたとき、江戸期以前の日本における男女間の関係は、恋愛と結婚と性とが三位一体に結びつく今日的な恋愛結婚のイメージとは、大きく異なっていました。

民俗学者・赤松啓介の『夜這いの民俗学・夜這いの性愛論』によれば、農村共同体では、過酷な農作業の慰安として夜這いを含む性愛があり、農業労働力の維持のために結婚制度があったといいます。

たとえば田植えのように短期的に大きな労働力が必要な場合は、近村同士の人的行き来や出稼ぎ労働があり、彼らを「家へ帰らせていると、朝早くからの作業ができないので、自分の家や親類の家などに宿泊させると合宿ザコネになって（…）性的解放になる」うえに「それで足や腰がのびて、翌日の作業もできる」（同書）というのだから、意外なほどに合理的。

収穫を終えた祭りの晩のどんちゃん騒ぎにしても、そこで妊娠した女性が臨月から出産・回復期までを過ごすのは翌年の梅雨の前後、つまり温暖ながらも農作業にもっとも人手がかかる時期を回避できると考えれば、単位耕作面積が狭くて人力への依存度の高いこの国の定住農耕型社会に最適化されていたといえます。

男女関係の主眼が今日的な「恋愛」意識ではなく、そうした社会システムに置かれていれば、赤松さんの書くように「生まれた子供はいつの間にかムラのどこかで、生んだ娘の家やタネ主かどうかわからぬ男のところで、育てられて」いても自然だし、「女たちがお互いに相談して片手の平に墨で南、無、阿、彌、陀と書く。若衆たちも手の平に南、無、阿、彌、陀と書いて終わると、双方の手の平を見せ合って、合った者同士が組に」なってその後の関係を持ったりもするのでした。

他方、社会学者・大澤真幸の著作『性愛と資本主義』などに詳しく語られていますが、キリスト教的な文脈における「結婚」とは、超越者としての「神」を介して、神のしもべであるひととひととが契約を結ぶことでした。配偶者を唯一無二の存在としてその契約関係を遵守することは、結婚した相手への倫理である以上に、仲介者である神への義務であり、結婚相手を裏切ることは、神への裏切りも同然だったわけです。

契約が不可侵であるためには、処女性は重視されなければならないし、結婚の前段階としての恋愛は、関係の取り替え不能性を刷り込まれねばならない。さもなくば、ヨーロッパの騎士道における宮廷恋愛＝主君の妻に対するプラトニックな思慕のように、けっして交わらない関係を持つしかない。そのようなキリスト教的視線から、日本の農村部における男女関係がきわめて異様に映っただろうことは、想像に難くありません。

「特攻隊長」たちから異様に見えた風習ならば、洋化政策を推進する「新入り」政府にとってもそれは、マズいこと以外のなにものでもないでしょう。せっかく揃いの長ランを着るのを許してもらったのに、毎晩母ちゃんが部屋に来ておやすみのキスされてるなんてバレたらなにを言われるか、みたいな気分です（事実、前記『夜這いの民俗学・夜這いの性愛論』によれば、実の父母が子供の性教育を知人に頼む、といったことも、かつての日本ではよくあったそうです)。

『夜這いの民俗学・夜這いの性愛論』は農村から夜這いの習慣が失われていった原因を「富国強兵策として国民道徳向上を目的に一夫一妻制の確立、純潔思想の普及を強行し、夜這い弾圧の法的基盤を整え」たことと、「貧農民を農村から離脱、都市に吸収して安価な労働力として」活用しつつその遊興費からの徴税の「巨大な収益」を期待したことに求めつつ、それらの象徴として明治天皇の『教育ニ関スル勅語(教育勅語)』を挙げます。

のちに天皇制や軍国主義教育に用いられたことで、あたかも国粋主義の聖典のように思われがちな教育勅語ですが、それを構想し一八九〇(明治二十三)年に発布したのは、一年近くに及ぶヨーロッパ視察から帰って首相の任についたばかりの山県有朋でした。

熱心なキリスト教信者だった中村正直の原案をこそ退けたものの、儒教色や仏教色も排したそれは、他のさまざまな法や制度と同様、近代の黎明期にあった時代の日本で、ヨーロッパ的なシステムと価値観に自分たちの国を沿わせてゆく流れのなかで生まれました。ときに教育勅語のようなトップダウンの政策として、またときに生活習慣の側から、近代のはじまりの日本人たちは「洋化」されていったのです。

制度が変われば、その制度下にある人々の、結婚や恋愛をめぐる意識も次第に変わってゆきます。

「夜這い」の時代から百数十年を経て（一部の地域では戦後まで風習が残っていたそうですが）、今日の私たちは、キリスト教徒どころか聖書をひもといたことすら一度もなくともチャペルや結婚式場で、牧師や宣教師に「アナタはアイとテイセツをカミにチカイマスカ？」と問われ、しおらしい顔で誓ったりする。

きのうまで宗教心のカケラもなかった男女の宣誓や結婚式場の商業主義を広い心で受けとめる西洋の神の博愛も偉大なら、「いやそれはちょっと。神様関係ないですし」などと決して言わない新郎新婦のコスプレ精神だって、与力をみごと奉行にしたてた浦賀の民の末裔にふさわしい……と褒め讃えたくもなりますが、そこでしばしば「感動の涙」が流されもするのですから、宣誓する男女やそれを見守る人々は、儀式の起源とは無関係に、自分たちの恋愛の「ゴール」としての結婚をごく自然のものとして、いまや受け入れているでしょう。「夜這い」の民ならありえなかった恋愛と結婚、それをめぐる内面のキリスト教的なもろもろは、いつしか私たちのなかにしっかりとインストールされた、というわけです。

「恋愛」とキリスト教

そのような「内面」は、いかにして明治以降の人々に伝わり書き込まれていったのでしょうか。先の「日本近代文学の起源」は、次のように書きます。

> 北村透谷がそうであるように、「恋愛」はキリスト教教会の内部や周辺でひろがった。（…）さらに、西洋の「文学」を読むことそれ自体が「恋愛」をもたらす。（…）恋愛は自然であるどころか、宗教的な熱病である。キリスト教に直接触れなくても、「文学」を通してそれは浸透する。

……「文学」。
なかでも、その当時に広まった「近代小説」こそが、今日われわれが意識している内面（ここではその一例としての「恋愛」感情）をもたらしたのだ、というのです。村上春樹もインタヴューの中で、漱石をはじめとする作家たちは「近代的な自我というものに向き合わずして小説を書き続けることができなくなった」と話していますが、近代という時代において、「内面」と「小説」は切り離しがたいものでした。

　繰り返しますが、近代以前のひとたちが、それぞれ「思う」ことがなかった、などということではもちろん、ありません。古事記や万葉集の昔から、そこには故郷や恋人を思う歌があります。逍遙が指摘したようにその調子《リズム》や語彙が表現を、或る「型」に嵌めがちだったとしても、ひとびとに心や思いがまるでなかったと考えるのは、「東洋人はサルだ」等と言うのと同様、近代の傲慢というものです。

当然そこにはさまざまな思弁があって、だからこそ、それらを今日の私たちが読んでなにか共通点を見出したり、読む側の自己を投影したりもするでしょうし、「昔のひとも月を見て、同じように思ったのだな」などの思いに耽りたくなることもあるでしょう。

けれども、ここで大事なのは、距離的に遠く離れた地球の裏側の違う国、違う文化のひとが月を見て思うことが、かならずしも私たちのそれと同じでなどないように、時間的に遠く離れた、違う文化のひとたちが月を見て思って書いたことは、現代の私たちが読んで「ああ、昔のひともそうだったんだ」と重ねてしまうほどには自分たちと同じでなどないということです。

それに比べると、今日の私たちから文化的あるいは時間的に近距離にある〝近代人としての「内面」〟は、相対的に（あくまで「相対的に《それいぜんのよりは》」です）地続きな箇所が多く、地続きなそれらはこの国の歴史の或る時期以降に、人工的かつ外的にもたらされたものが多くを占めている。その一例が、前節で挙げた〝結婚と直結する「恋愛」感情〟だというわけです。

話を戻しましょう。「キリスト教に直接触れなくても、「文学」を通してそれは浸透する」、つまり明治期の人々は、小説を読むことによって、恋愛をめぐる内面を獲得したのだ、と柄谷さんは言っています。

振り返ってみれば、小説と呼ばれるメディアは、その普及期から現在に至るまで、驚くほど高い割合で、ひとびとの「恋愛」を描いてきました。

もちろん、小説の成立よりはるか前、たとえばギリシア神話の時代にも恋の話はあります。けれども、その時代の代表作であるホメロスの『オデュッセイア』や『イリアス』が「叙事詩」とされるように、あるいは、〝恋愛も含めた「感情」〟を主に描く「叙情詩」のほかに、情景や風物を描く「叙景詩」、戦争などの出来事を軸に描いた「叙事詩」が詩の主たるジャンルとしてあったように、いろいろと書くべきものはあったわけです（あまりに当然の話ですが）。

ところが日本の近代文学、とりわけ「私小説」と呼ばれる、心情描写が主体の文学が主流となった時期のそれは、恋愛する人物の内面をことさらに描きましたし、その流れをひいて今日の小説たちも、とりわけエンターテインメントとなると、恋愛感情を素材のひとつにしない作品のほうが珍しいくらいです。もちろん、十九世紀やそれ以前の、スタンダールやフローベールといったヨーロッパの小説家たちもたくさんの恋愛を描いてきましたが（その意味で、小説というメディアは恋愛を描くのに適していたとも言えるし、私たちの興味の対象の多くがそれなのだと言うこともできますが）、それにしても、うんざりするくらい私たちの小説登場人物たちは恋をする。純文学や大衆小説はもちろん、ライトノベルの登場人物たちもそうですし、いわんやケータイ小説をや、という感じです（その延長線上に、「ラブコメ」なんかもあるわけで、そうやって「恋愛イデオロギー」は重ね塗りされて今に至ります）。

たしかに「内面」が問題になるのはひとが悩むとき、なかでも私たちの日常で多くのひとに共通して訪れるのは、恋の悩みです（たんに楽しくつきあっているならば、わざわざ描くこともないでしょう）。朝のテレビのワイドショーなどで映す占いに、「恋愛運」がたいてい入っているのも、私たちが、占いに頼りたくなるほどそれらを内心気にしていることのあらわれです。

さきに名前を挙げた、近代文学の創始者のひとり二葉亭四迷の代表作『浮雲』は、主人公「文三」が想いびとである従妹の気持ちを友人に奪われて悩む話ですし、明治を代表するふたりの文豪、夏目漱石の『こころ』も森鷗外の『舞姫』もそれぞれ、想いびとを抜け駆けして友人を自殺させてしまった「先生」や、恋人「エリス」と胎内の子を捨て留学中のドイツから凱旋帰国する「豊太郎」の、それぞれ懊悩を描いています。

ちなみに、テレビやネットの占い項目の三本柱は「恋愛運」「金銭運」「仕事運」ですが、近代小説の最初の悩みもそれらと同様、「恋か金（または権力＝仕事）か」でした。

右の『浮雲』も、従妹を友人に奪われる理由はそいつが〝仕事ができる〟からですし、「お宮の松」がいまでも伊豆の観光名所になっている尾崎紅葉の『金色夜叉』も、婚約者を大金持ちに奪われて悩む話です。時代を一気にくだって「週刊新潮」の「黒い報告書」とか、それこそワイドショーのネタもそのあたり、なにも近代に限りませんし、その形態は時代ごとに違いもしますが、ひとの悩みなんてまあ、そんなものです。

けれども、前節で触れた赤松啓介『夜這いの民俗学・夜這いの性愛論』が描いたような、性愛と結婚が別々であるような文化においては、（ある意味例外的に）彼らのような物語は構造的にあまり意味を持ちません。

後ろを向いて手の平に書いた墨文字が、向こうで同じように書いてきたどの娘の墨文字と一致するかでつきあう相手を決めるなら、「文三」も「先生」も悩みようがないですし、生まれた子供が村のどこで育ってもよいのなら、「エリス」もそうやって子を産み育てればよいだけです。

逆に言えば、恋愛と結婚と性とが一致する状況が一般化してきたからこそ、『こころ』や

『舞姫』のような物語が意味を持ったわけですし、前節までの言い方を使えば、そのような物語を読むことで、人々に西洋的な「恋愛＝結婚」の概念と、その場合の「内面」のモデル・ケースが浸透していったのでした。

少し整理しましょう。

「近代」の始めの小説は、「主脳は人情」という考え方により、それまでの戯作や読本とは違って人間の「内面」を描くものとして出発しました。ただしそれは、すでにある「内面」を描いたというより、日本の近代化＝西洋化に際して必要だった新しいモデルのサンプルであり、当時の人々の多くはそれをお手本に、近代人としての「内面」がどんなものであるかを学んだり、自分の中に「発見」したりしました。

そうやって小説によって発見された「内面」は、たとえば恋愛に際して、これまではなかった思考や懊悩を与えもします。そうすると、人々は、もういちどお手本としての小説を読み、解決策を見出そうとする……小説によって内面がつくられ（発見され）、その内面の直面した問題を解くのにまた小説を読む、そういうサイクルが近代初期の「小説」をめぐる環境としてあったのです。ペルリ特攻隊長らによって早急な近代化を求められていた日本にとって、小説は、とても重要なツールでした。

第九章 社会の一部としての「小説」

近代化とインフラの整備

前章では、〝近代に入って作られた、（新しい）「内面」〟の話をしましたが、それを共有させる役割を担うものが、ほかならぬ「小説」であったのは、なぜなのでしょう。

書けば書くほど長くなる話なので、ここまで以上に省略して書きますが、「近代」という時代が誕生するのに大きな機能を果たしたのは、重工業とその材料や製品を運ぶ鉄道、そして情報を伝達するメディアとそのための印刷技術、そして『走れメロス』についてのくだりでも出てきた教育（学校制度）でした。

列強に脅かされつつ近代化をめざす明治政府のスローガンは「富国強兵」です。けれども、のちの中国やインドなどと同様、国を豊かにするには、従来の主軸産業であった農業はじめ第一次産業の生産性を上げるとともに、国内に供給しながら海外にも輸出し外貨を稼げる第二次産業（加工産業）の製品を増産し、生産地から消費地まで、さらには輸出する港湾まで、どんどん運ばないといけません（原料や労働力としての人間も、その逆のルートで運ばれてゆきます）。

なおかつ、鎖国を終えて(海を挟んでいるとはいえ)一気に「外国」に隣接することになった国境を、ここからが自国でここからは外国、と明確に線引きし、あわよくば海外に進出して植民地を確保しようとするならば、強力な「国軍」が必要となります。そのためには、従来は「藩」としてゆるやかに結びついていた……と言えば聞こえがよいですが、実質的には異国も同然だった北の端から南の端までを、統一的な繋がりの内に収めなければなりませんでした。

そうした移動や繋がりを、物理的に可能にしたのは、それまでの「船」よりもはるかに高速な大量輸送手段である「鉄道」でした。「学制」の施行と同じ一八七二(明治五)年に新橋・横浜間で始まった日本の鉄道は、十七年後の一八八九(明治二十二)年には神戸まで開通。平行して北海道・四国・九州といった遠隔地にも敷設され、硫黄や石炭などの資源搬出や、港湾と都市の間の船便接続などを経て、一八九二(明治二十五)年の鉄道敷設法により、全国を結ぶ鉄道網の計画へと発展してゆきます。

二十世紀末から二十一世紀初頭には、日常の物資は小回りのきくトラックで、小さくて軽量な製品や資材は飛行機で、人間は自家用車や新幹線で……と物品やひとを運ぶネットワークはその目的や用途に応じて多様化・最適化されていますが、舗装も進んでいなければ自動車も普及していない明治の時代、天候によっては所要時間すら定かではない道路や海路と比べ、(現在からはほど遠いにせよ）安定した運行と大量の輸送が可能な鉄道は、近代国家の成立と発展に不可欠なインフラだったのです。

情報伝達と「想像の共同体」

一方、明治以前には「瓦版」として主として木版で刷られていた紙の情報媒体は、明治に入って以降、活字組の「新聞」となってゆきます。

もちろん新聞は第一に、事件や文化、娯楽などの情報を広くひとびとが知るための伝達手段ですが、狭い地域で配られていた「瓦版」やそれと地続きの地方新聞が、朝日や読売といった「全国紙」へと成長した結果、ある側面が強化されました。それは、「会ったことも、顔を見たこともない人々に、想像上の「共同体」意識を持たせる」という機能です。アメリカの政治学者ベネディクト・アンダーソンは『想像の共同体』という著作でそれを、「虚構としての新聞を人々がほとんどまったく同時に消費（想像）するという儀式」だと言いましたが、それをかみ砕いて言うと、次のようなことになります。

たとえば、ある日の新聞の一面を思い浮かべましょう。そこには、たとえば沖縄でおこなわれた知事選挙の結果と、静岡で起きた新幹線の架線事故が載っています。

一枚めくって二面、三面を見ると、国会での予算審議についてと、東京の百貨店の合併とが載っている。もう一枚めくると、アメリカやアフリカの出来事が載っていて、さらにめくると文化記事があったりスポーツがあったり、それから地方面があって、地元（同じ都道府県だったり、もうちょっと狭い範囲だったり）の出来事やお祭りなどが載っている。最後の見開きには、ひき逃げだとか食品の産地偽装といったいわゆる三面記事があり、最後の一枚をめくると、その土地でみられるテレビの番組表が載っている……という具合です。

このとき、いま新聞をめくっている私（たち）にもっとも身近なのは、地方面に載っている出来事や、テレビ欄です。日々使うターミナル駅の再開発だとか図書館の休館についてとか、あるいはこのあと午後二時からの6チャンネルでなにが放送されるとか、それらは「いま私のいるここ」と直結しています。

それよりは遠いけれど関心を引くのは、社会面の事件だったり、一面の事故だったりするでしょう。隣の県で通り魔事件があれば「気をつけなきゃ」と思い、消費税アップの国会議論を読めば「困ったなあ」と眉をひそめる。

それらに比べると、はるか何百キロ離れた場所の出来事は、それを読むことで自分の日々の生活が変わるわけではない、「そうかあ」といった感じの知識ですし、外国の出来事となると、それを読んでも読まなくても、きょう自分がなにをするかは、そう変わりません。いまでこそ、私たちは手軽に海外に行くこともできれば、家族や親戚、知り合いが遠くに住んでいたり、海外の相場や事件を材料に、ネットで株や為替の売り買いをしたりしますが、百年前のひとびとの生活では、私たちがそうであるよりはるかに、遠い土地の出来事は、日々の積み重ねからは切り離されていたはずです。

「全国版」の新聞は、だから、情報提供の面からいえば、地元密着型の「地方紙」や「瓦版」と比べて、必ずしも実用度の高いものではありませんでした。しかし、そこには、もうひとつ大きな役割があった……それが、アンダーソンの言う「想像上の「共同体」意識」を持たせることです。

交通手段も通信手段も未発達な時代、何百、何千キロも離れた場所にいるひとと、仲間意識を持つことは、現実的には困難でした。江戸時代の「藩」をイメージしていただいてもいいですが、たとえば九州の薩摩藩のひとと、北海道の松前藩のひととが、お互いにどれだけの親しみを持っていたでしょうか。風土も、文化も、言葉だってずいぶん違うわけですから、ほとんどそれは、別の国のようなものです。その隔たりは、制度としての廃藩置県がおこなわれ、「国家」として地続きなのだとお上から口で言われても、なかなか実感的には解消できなかったかもしれない。

しかし、そこに「新聞」が訪れます。そこでは繰り返し、たとえば「一月一日」という共通の日付のもとで、「鹿児島ではこんなことがあった。北海道ではこんなことがあった」と書かれます。「日本」という国の、北から南まで、さまざまな場所の出来事が、「同じ日に起きました」という共通性のもと、並べて記述されてゆく。大きな事件から、「お正月の風習」みたいなものまで書かれるわけです。他方、外国の出来事は、国内のそれと比べればはるかに薄い濃度で、ときどき書かれるに留まる。つまり、情報密度の厚い地域と薄い地域とが生まれるわけです。

そうすると、次第次第に、新聞を読むひとたちのなかに、どこまでが身内で、どこまでが外部か、という意識が生まれてきます。しょっちゅう、ささいなことまで新聞に記事が載る場所は「身内＝近い場所」であり、ごくたまにしか情報の載らない場所は「外部＝遠い場所」だ、ということになるわけです。よく情報が載っている場所は、たまたま載らない日があっても、その場所の存在は「今日は北海道のニュースがないな」といったカタチで意識されてゆく。それを繰り返してゆくうちに、ひとびとの意識に、「日本」という共同体＝国家の輪郭が植えつけられてゆきます。

同じことは、新聞のあとに発達したラジオやテレビを例にとると、わかりやすいかもしれません。

たとえば「ラジオ体操」の番組は、「今日はなになに県なになに町の、なになに体育館からお送りします」といった感じで、全国津々浦々を移動してゆきます。どこでやろうとラジオ体操はラジオ体操、地域ごとに「なまはげバージョン」とか「ユンタ風味」とかがあるわけではありませんから、わざわざ予算を使ってライブで、日本中駆け回ってやらなくとも（実際は各地の支社がやっているわけですが）、NHK本社スタジオのある渋谷でやればよさそうなものです。そもそも、たったいちど録音しておけば何回でも使えそうなのに、そうしないのはなぜなのか。

それから、春と夏の「全国」高校野球選手権の中継もそうです。野球の大会のはずなのに、イニングの合間にわざわざ出場校の地元の町の人口やら特産物やら、お祭りやらを紹介するのはなぜなのか。いまでこそ屋内練習場の普及で北海道・東北地方のチームも強くなってきましたが、ちょっと前までは、ベスト4あたりまで残るのは、たいてい関東以西のチームでした。チームの強さにあきらかな偏りがあり、そもそも学校数も違うのに、都道府県ごとに代表が選ばれるのはなぜなのか……そう不思議に思ったことがある方も、少なくないはずです。

でも、そんな疑問も、右で書いた「共同体意識」をつくる目的があると捉えれば納得がいきます。行ったことも聞いたこともないあの市もこの町も、同じ「ラジオ体操」の舞台となるのだから、ラジオ体操が原則訪れないよその国の市や町とは違った、自分たちの住むこと地続きの「この国」である。「全国」高校野球の出場校があるのだからあの町もこの市も「この国」である……。そんなふうにして、「自分たちの国」と「そうでない外国」とを内側から区別するために、ラジオ体操や高校野球じたいももちろんですし、いっけん無駄に見える行脚や土地紹介も、おこなわれています（だからそれらは、サッカーや野球のワールドカップやオリンピックが、各国の代表同士が争うことで、それぞれの「国」意識を外側から形作っていくのと、ちょうど対になっていますし、サッカーのクラブチーム選手権＝ＦＩＦＡクラブワールドカップがいまひとつ盛り上がらないのは、出場チームがどんな共同体を「代表」しているのかがはっきりしないためです）。加えてそれらを（五章ですこし触れた）「同時体験」させられれば、ますます「共同体意識」は強まります。だからラジオ体操も、録音ではなくわざわざ生放送でおこなわれるのです。

一方は事実上の国営放送とも言われる公共放送のＮＨＫが制作し、もう一方は毎日と朝日のふたつの全国新聞社が主催する、ラジオ体操と高校野球が、なぜそんな「共同体意識」を作ろうとするのか。そう問うとなかなか答えは出ませんが、起源から考えればなんのことはなく、国営（公共）放送は「国家」の枠組と不可分ですし、数頁前に書いたとおり、新聞はそもそもそうした「共同体意識」のためのメディアだったのですから、今日それらにかかわっているひとがどう意識しているかとはまるで無関係に、番組やイベントが、そうした性質を持っていることには、なんの不思議もないでしょう。

かつて、「スポーツといえば野球、野球といえば巨人」という時期が長くありました。五章と六章でお話しした、テレビの普及したあたりから三十年ほどの期間です。それもまた、高校野球の盛り上がりや、共同体意識の結果でした。それらが「近代」のためであるならば、ほら、そこにも「アメリカ（に限らないのですが）の影」が落ちています。

学校教育と国家の枠組

「近代化」にとって重要だったみっつ目のインフラが「学校教育」だったことは、前のふたつに比べれば、言わずもがなです。

今日の中国やインド、あるいは東南アジアの諸地域がそうですが、いまから発展していこうとするあらゆる近代国家において、教育制度の整備が国家運営の基盤として求められるのは、かつても今も変わっていません。「国語」や「算数」といった日用の思考手段と、「社会」「理科」といった専門性へも繋がる基礎知識、さらには可能ならば「外国語」を初等教育としてこどもたちに与えることは、一定の質をクリアした労働力を長期的かつ安定的に供給することにつながります。なおかつ、教育の場所で「標準語」を定義し使用する／させることは、「同じ言葉を話すひとたち」という「共同体」感覚を、新聞とはまた違ったカタチで（新聞自体も標準語で書かれていますから、そのような側面も持っています）育ててゆくことになるわけです。

さらに「国語」教科書やその授業は、先に「小説」をめぐって触れたような「内面の発見」に、子供たちを導いてゆくことにもなります。

小学校のころの国語の授業を思い出せば、「登場人物のキモチを考えよう」とか「行間を読もう」といった感じで、教材に描かれている人物（ときには鳥や獣まで！）の内面を想像させる問題が数多くありました。人間の罠にかかったウナギをつい逃がしてしまったあと、それが漁師の病気の母親に食べさせるものだったと知った子ギツネのキモチはどうだったのか（『ごんぎつね』）、虎になってしまって友人の前に姿は見せず、声だけで望郷を伝える者の想いはどんなだったか（森見登美彦もリメイクした、中島敦の『山月記』）など、「いや、そんなのわかんないって」と言いたくなるような「内面」まで、教科書は子供たちに想像させます。

そこまでアクロバティックでなくとも、「道端で泣いているちいさな子がいます、どうしてあげたらいいかな?」的な設問は早期教育から数限りなくあり(「なにか悲しいことがあったのだろうから、話を聞いてあげます」「迷子になっているはずだから、周囲にお母さんを探してあげます」的なパターン認識能力に長けた子が「国語の得意な子」ということになるのですが)、そこで「目の前の絵に感動して泣いています」とか「ひそかな快楽に打ち震えているんです」といった回答は、多くの場合「まちがった」ものとして処理されてしまう。

「文学」あるいは「哲学」の教育としてはそうした画一化は大問題ですが、右に書いたように「国語」教育とは、必ずしもひとりひとりの生徒の「感受性」やら「文学的才能」やらを伸ばすためのものではありません(名目上そういうことになっていたり、個別の教師がその信念のもと教育にあたっていることはもちろんありますが)。近代国家の「計画」としては、教育の主たる目的が相互にコミュニケーションのとれる均質な労働力を供給していくことである以上、意外かつ独創的な回答よりも、おたがいに予測可能な範囲の「内面」を想像することのほうが好都合なのは当然で、筆者も含めさまざまな場所で「教育」にかかわる人間が無意識のうちにも直面するとまどいは、そういうところにも由来しています(かといって、イデオロギカルに「自主性をただただ尊重」して教育せよという発想は、そもそもの「学校」制度を肯定している限りはいくらか欺瞞があって、「ゆとり」教育が失敗するのは、それ自体語義矛盾的な過ちが内包されているからにほかなりません。だったら「学校来なくていいよ」でよいのでは？）。

ともあれ、ここまでの話をすこし整理しましょう。

欧米の先進国を追って「近代国家」になろうとした日本にとって、まず必要だったのは、「国家」としての体制と枠組、そしてそこに生きるひとびとの意識を近代化することでした。

体制の面では、国内外に生産物を販売、普及させるための工業と、それを運ぶ「鉄道」とが必要であり、枠組をつくる面では、軍隊と新聞＝メディアが機能しました。

新聞を届ける手段も生産物を運ぶ手段も、工場労働者も軍人を乗せるのもみな鉄道ですし、労働者や軍人に「国民」意識を持たせる手段としては新聞が役立ったわけですから、それらはどれも、密接に結びついていたわけです（そういえば四半世紀ほど前までは、「国鉄（＝国有鉄道）」の夜行列車や貨物列車には、郵便車とならんでしばしば新聞配達車両が連結されていたものでした）。

さらにペリー来航から約二十年、徳川幕府による大政奉還を経て明治政府が樹立されてからわずか四年後の一八七二（明治五）年には、学制が公布され、一八九〇（明治二十三）年には先の『教育ニ関スル勅語（教育勅語）』が公布されることになりますから、その時代は、運輸とメディアと教育という、みっつのインフラが相互に機能しあって、近代国家とそこで暮らす「近代人」とを形成してゆきました。

新聞小説の役割

そんななかで「小説」は、ある種の宣伝／教育装置として機能しました。「恋愛結婚」をはじめとする「内面」を小説が「発見」させてゆくメカニズムについては先に記したとおりですが、子供たちに対して「国語の教科書」が果たした役割をすでに就学年齢を超えていた大人たちに対して果たすにも、学校教科書の範囲ではまかないきれない（恋愛や性もふくめた）対象を描くためにも、「読み物」としての小説は好適だったはずです。

近代的な内面像を「How to」的に描き伝える「小説」は、もちろん本のカタチでも出版されましたが、まだ「雑誌」のさほど普及していない時代（明治二十年代前半に初めて、森鷗外が『舞姫』を書いた総合雑誌「国民之友」、夏目漱石がデビューした俳句雑誌「ホトトギス」、前に名前を挙げた坪内逍遙が創刊し、現在も残っている最古の文芸雑誌「早稲田文学」等々、小説を載せるいくつかの雑誌が誕生しました）、当時はもちろんコンビニもなければ、書店のネットワークもいまとは比べものになりません。ですがそこに、当時としては非常に広範囲に届く、文字メディアがあった……そう、「新聞」です。

夏目漱石を代表に、幾人ものすぐれた小説家たちが、新聞を媒体に連載小説を書きました。いまでは無数のメディアに埋没しかけている新聞小説ですが、テレビもラジオももちろんネットもなかった時代にそれは、日常的に情報が更新され伝達されるメディアに載っていた、もっとも娯楽性の高い欄だったわけです。ならば、当時のひとたちがどれだけそれを楽しみにしていたかは、容易に想像ができます。

逆に考えると、近代国家の枠組を作るエリート集団だった帝国大学（のちの東京大学）を卒業、イギリス留学を経て母校の教職（それも、もっとも当時戦略的に必要だったはずの英語教育）についた夏目漱石が、なぜその職を捨て、さらには朝日新聞社に入社してなお小説を書いたのか、同じく帝国大学の医学部を出、陸軍軍医としてドイツに留学し、のちには軍医総監となる森鷗外が、なぜその生涯の長きにわたって小説を書いていたのかが、わかってもきます。

そういえば日本近代文学の創始者と言われる二葉亭四迷は彼らふたりとは逆に、『浮雲』を発表したあと小説を離れて大阪朝日新聞記者になったのですが、それもまた、いまの私たちが想像するような「華麗な転職」というよりは、広義の「配置転換」のようなものというべきかもしれませんし（必ずしもうまくいったわけでなく、何度もクビになりかけたそうですが）、新聞記者と小説家の結びつきは、のちの国木田独歩や石川啄木、野村胡堂あるいは司馬遼太郎といったひとたちに受け継がれていきます。

そんなわけで、この国の「近代」が始まったころの「小説」は、今日の私たちがイメージするような、一義的な娯楽や芸術とは、少し違った顔を持っていました。そこには、近代国家になろうとする日本全体の意志や社会構造、そしてそのなかで小説の果たす役割が、書き手や読み手それぞれが意識するとせざるとにかかわらず、存在したのです。

逆に言えば、そういう「近代」のシステムのもとだったからこそ、「小説」は、物語をおもしろく伝えるだけでなく、なにか立派でありがたいものとして、当時の日本のひとびとに迎え入れられたのだし、その影響がいまもなお、残っているのだと言うこともできます。

そのいちばん始まりのひとつが、夏目漱石の『坊っちゃん』です。

第十章　『坊っちゃん』のヒロインって？

『坊っちゃん』と近代化する日本の風景

明治の文豪・夏目漱石。
なかでも最大の人気作品のひとつ、新人教師を主人公にした『坊っちゃん』は、一九〇六（明治三十九）年に雑誌「ホトトギス」に発表されてから百年以上が経過した現在でも数々の文庫に収録される人気作品です。新潮・岩波の両文庫あわせて六百万部近くにのぼる、漱石最大のベストセラー。戦後の学校教科書にも、一九五二（昭和二十七）年の北陸教育書籍版『新制中等国語　文学編　第3学年用』を皮切りに、太宰治『走れメロス』ほどではないにせよ、とだえることなくどこかしらで採用されていますから、いま「誰もが読んだり、名前を聞いたりしたことのある名作」ランキングをつくれば、確実に上位に食い込んでくる作品のひとつです。

そんな名作『坊っちゃん』は、四国は松山の中学校で、べらんめえ口調で乱暴だけれど気のいい同僚「山嵐」や、のちの赤塚不二夫『天才バカボン』のキャラクター「イヤミ」の原型ともなるキザな口調と態度の「赤シャツ」など、個性豊かな登場人物たちに囲まれて、無鉄砲でおっちょこちょいだけれど気性のまっすぐな主人公が大暴れする話。「坊っちゃん」と山嵐が旅館の二階から赤シャツたちに生卵をぶつけるクライマックスや、宿直部屋の布団にバッタを何十四も入れられて飛び起きる場面などを、ご記憶の方も多いかもしれません。

なかでも、赴任早々の主人公が生徒たちにからかわれ、黒板に「一つ天麩羅四杯也《なり》。但し笑う可らず」とか「遊廓の団子旨い旨い」などと次々書かれて怒る場面などは、日本の近代文学史上でも指折りのコミカルな場面ですから、ちょっと長めに引用してみましょう。


ある日の晩大町《おおまち》と云う所を散歩していたら郵便局の隣りに蕎麦《そば》とかいて、下に東京と注を加えた看板があった。おれは蕎麦が大好きである。（…）その晩は久し振に蕎麦を食ったので、旨《うま》かったから天麩羅を四杯平げた。

翌日何の気もなく教場へ這入ると、黒板一杯位な大きな字で、天麩羅先生とかいてある。おれの顔を見てみんなわあと笑った。おれは馬鹿々々しいから、天麩羅を食っちゃ可笑《おか》しいかと聞いた。すると生徒の一人が、然し四杯は過ぎるぞな、もし、と云った。四杯食おうが五杯食おうがおれの銭でおれが食うのに文句があるもんかと、さっさと講義を済まして控所へ帰って来た。十分立って次の教場へ出ると一つ天麩羅四杯也《なり》。但《ただ》し笑う可《べか》らず。と黒板にかいてある。（…）おれはだまって、天麩羅を消して、こんないたずらが面白いか、卑怯《ひきょう》な冗談だ。君等は卑怯と云う意味を知ってるか、と云ったら、自分がした事を笑われて怒るのが卑怯じゃろうがな、もしと答えた奴がある。やな奴だ。わざわざ東京から、こんな奴を教えに来たのかと思ったら情なくなった。余計な減らず口を利かないで勉強しろと云って、授業を始めてしまった。それから次の教場へ出たら天麩羅を食うと減らず口が利きたくなるものなりと書いてある。

いまでも「蕎麦　東京」という名前の店が現地にあるかは知りませんが、松山には「坊っちゃんスタジアム」があって野球が行われ、地元の伊予鉄道は蒸気機関車に引かせて「坊っちゃん列車」を運行、松山市が主催する「坊っちゃん文学賞」なる賞もあります。坂本九や中村雅俊が主人公役を、加賀まりこや松坂慶子が「マドンナ」を演じて撮られた映画をはじめ、ドラマも含めて数えきれないほど映像化された作品を思い出す方もいるかもしれません。

けれども、ヒロイン役にぴったりな彼女たちが演じたマドンナは、本書の「はじめに」でも少し書いたように、坊っちゃんと艶っぽい関係にはついぞならないのです。「うらなり」と呼ばれる寡黙な英語教師の婚約者である彼女は、「Madonna：多くの男性の憧れとなる女性」という英語の直訳そのままに、「あまり別嬪さんじゃけれ、学校の先生方はみんなマドンナマドンナと」騒ぎ、なかでも赤シャツに口説かれさえします。なのに、坊っちゃんとだけはてんで縁がない。

坊っちゃんの方でも「こんな結構な男を捨てて赤シャツに靡くなんて、マドンナも余っ程気の知れないおきゃんだ」と呆れるばかり、略奪した赤シャツに天誅を食らわそうとはするものの、マドンナとのあいだに視線のひとつも交わさないのです。

ならばそのような坊っちゃんは、徹頭徹尾、甘いセリフのひとつも吐かないのか。そう疑って小説を読み始めてみると、いやいやどうして、彼が東京を離れて松山に発つ序章、こんな場面がでてきます。

プラットフォームの上へ出た時、車へ乗り込んだおれの顔を眤《じっ》と見て「もう御別れになるかも知れません。随分ご機嫌よう」と小さな声で云った。目に涙が一杯たまっている。おれは泣かなかった。然しもう少しで泣くところであった。汽車が余っ程動き出してから、もう大丈夫だろうと思って、窓から首を出して、振り向いたら、やっぱり立っていた。

ほら、それらしい相手がいるじゃないですか。

それが誰であるかはちょっとおいて、あらかじめ予告をしておけば、この「彼女」との関係こそが、『坊っちゃん』という小説が（ひいては当時の日本の「小説」が）たんなる娯楽としてではなく、近代化する日本の状況や当時のひとびとの思考・感情と密接に結びついていたことを示してくれるのですが、面倒なことは後に回して、もう少し彼らふたりの関係を（そして「彼女」の正体を）見てゆくことにしましょう。

坊っちゃんの恋愛模様

その前に、ちょっとだけ話を現代にもどします。

日本がバブル最盛期を迎える直前の一九八七年、JR東海が東京発二十一時の最終の新幹線に「シンデレラエクスプレス」の呼び名をつけたことを、いま三十代以上のひとなら（松任谷由実の同名曲を流したテレビCMとともに）ご記憶かもしれません。

週末だけ一緒に過ごして遠距離恋愛する恋人たちによる、日曜夜の新幹線発車ホームでのせつない別れを映したそのCMは、国鉄から分割民営化されたばかりの同社のイメージ戦略の一環として日々お茶の間に流され、それまでビジネスマンや観光客のものと思われていた新幹線の「恋愛ツール的＝普遍日用的」側面を強調しました。

前章で触れた「近代化」と「国民」意識に大きく貢献した「国鉄」の、第一の使命を終えて分割民営化された年の出来事であることや、新幹線という高速鉄道が課せられた「所要時間の削減による、空間の実質的縮約」機能などと考え合わせると、そのCMじたい本書の文脈では非常に意味深いのですが――列車が速ければ速いほど、またその輸送能力が大きければ大きいほど、鉄道第一の存在目的だった「富国強兵」的側面には有効です。「新聞」が遠く離れたひとびとの共同体意識を高めたように、高速鉄道もまた、遠くに住むひとびと同士の、さらには地方に住む自分と中央の意識距離を近づけ、一体感を覚えさせる役目を果たしますから、その意味では国内最高の時速二百十キロ（開業時）、旅客列車最長の十六両編成で走る新幹線は、鉄道の象徴かつ究極像とも言える存在でした。

（敗戦での解体の危機を経て）日本の近代国家化が完成したといえるこの時期、全国を網羅してきた「国鉄」は当初の役目からいくらか離れ、路線縮小を経て分割・民営化されていましたが、「シンデレラエクスプレス」はそのタイミングでつくられたCMだったわけです。と同時に、ひとびとに国鉄およびそれを利用してきた国家像の変化を意識させる手段が、やっぱり「恋愛（それも、行きずりの恋や、日々の楽しさに満ちた恋でなく、一緒に暮らす未来＝結婚を夢見ることで支えられたであろう遠距離恋愛）」であったことは、明治日本の洋化政策の成功と、いかにそれが効き目の高い手段であったかを思わせます。

そんな現代を遡ること百年。明治の恋人たちにとっても、離れゆく想い人を見送る停車場は、いかにもドラマチックなものでした。

前節で引用した『坊っちゃん』の一場は、百年後の「シンデレラエクスプレス」さながらに、しばしのあいだ離ればなれになる恋人どうしそのままの（「あなたと離れたら、あたしきっと死んじゃうわ」的な過剰な感傷を女の側に持たせた）哀切な情景を、女と学校出たての青年のふたりに演じさせています。

青年＝坊っちゃんのほうだってその直前、遠くに行くのだと聞いて落ち込む彼女を「余り気の毒だから「行く事は行くがじき帰る。来年の夏休みにはきっと帰る」と慰めてやった」りしているのですから、もう、ふたりはほとんどラブラブなわけです。そもそもこのふたり、じつは次のような会話をとうに交わしているのですから（これもまた恋愛結婚的なイデオロギーの産物ですが）男と女はもう、抜き差しならない仲に見えます。

それから清はおれがうちでも持って独立したら、一所になる気でいた。どうか置いて下さいと何遍も繰り返して頼んだ。おれも何だかうちが持てる様な気がして、うん置いてやると返事だけはして置いた。ところがこの女は中々想像の強い女で、あなたはどこが御好き、麹町《こうじまち》ですか麻布《あざぶ》ですか、御庭へぶらんこを御こしらえ遊ばせ、西洋間は一つで沢山ですなどと勝手な計画を独りで並べていた。

「あなたはどこが御好き、麹町ですか麻布ですか」だなんて、結婚や同棲を控えた男女が部屋を探して不動産屋に向かう途中の会話、あるいはそんな未来を想像してちょっとエロティックに心躍らすつきあいはじめの若者たちや、結婚を持ち出して倦怠期を乗り切ろうとする交際四年目あたりのカップルの姿そのままです。「一所になる気」の女に対して男のほうもまんざらではなく、「うん置いてやる」とか偉そうに言ってみたりしていますから、ふたりの睦言を盗み聞きしている読者たちからすれば「はいはいどうぞご自由に」という感じ、そりゃあこんな相手がいるんだから、東京生まれ東京育ちの坊っちゃんが、遠く地方の「マドンナ」に心惑わされる必要だってないでしょう。

そんなシアワセな坊っちゃんの想い人の名が、とうとう右の引用部に出てきました。カノジョの名前は「清《きよ》」。「美羽《みう》」だの「花音《かのん》」だのの名づけが流行る二十一世紀からすれば、いかにもおばあちゃんっぽい名前ですが、『坊っちゃん』じたい明治に書かれた明治が舞台の小説なんだから、ばあちゃんっぽいのはしかたがない。「ウメ」さんにだって「カズ」さんにだって、麗しの十代二十代はあったのです。東京ッ子の坊っちゃんにぴったりのおきゃんな娘、それとも優しくやんちゃ坊主を包むちょっと年上のイイ女？　いえ、漱石の描く「清」はこんな女性でした。

清はおれを前へ置いて、色々おれの自慢を甥に聞かせた。（…）折々おれが小さい時寝小便をした事まで持ち出すには閉口した。甥は何と思って清の自慢を聞いていたか分らぬ。只清は昔風の女だから、自分とおれの関係を封建時代の主従の様に考えていた。（…）もう立つと云う三日前に清を尋ねたら、北向の三畳に風邪《かぜ》を引いて寝ていた。おれの来たのを見て起き直るが早いか、坊っちゃん何時《いつ》家《うち》を御持ちなさいますと聞いた。（…）田舎へ行くんだと云ったら、非常に失望した容子《ようす》で、胡麻塩の鬢《びん》の乱れを頻《しき》りに撫《な》でた。

そう、清は坊っちゃんの家で働いていた老年の下女なのです。「一所になる」といってもそれはとりあえず、同じ家で（主人と奉公人として）暮らすことにほかなりません。

しかし、それにしては先のセリフは、いかにも情熱的ではなかったか。「どう云う因縁か、おれを非常に可愛がって」くれる彼女は「瓦解のときに零落して、つい奉公までする様になった」お婆さんです。作品が書かれたのが一九〇六（明治三十九）年ですから、当時リアルタイムの時代設定とするならおそらく五十代か六十代。彼らふたりがほんとうに恋人どうしだったら、三十八歳離れた愛人と晩年を過ごしたことで知られるフランス二十世紀の小説家マルグリット・デュラスにもひけをとらない、年の差カップルです。平均寿命が四十代なかばだった時代のことですから（新生児死亡率が高かったため、実際の平均余命は四十歳で二十八年、六十五歳で十一年ほどでしたが）、いまの私たちが考えるよりさらに、清は高齢に感じられたはず。

けれども、そんな清を、坊っちゃんは全編通じて気にかけ続けます。

東京を離れて四国に着けば、最初の宿の一晩目に「うとうとしたら清の夢を見」ますし、翌日学校に着任しても、宿に戻って昼食を食べるとすぐに「夕べは寝られなかった。清が笹飴を笹ごと食う夢を見た。来年の夏は帰る」と手紙を書く。宿直部屋では「何だか清に逢いたくなった」と、「清の事を考えながら、のつそつし」、赤シャツたちとの社交で行った舟釣りでも、魚そっちのけで寝ころがって「空を見ながら清の事を考えている。金があって、清をつれて、こんな奇麗な所へ遊びに来たらさぞ愉快だろう」と考える。しまいには清から借りた三円について、「返さないのは清を踏みつけるのじゃない、清をおれの片破《かたわ》れと思うからだ」とまで言うのです。主人が奉公人に対して「おれの片破れ」だなんて言いません。なにしろ英語で「better half」と言えば、一心同体も同然の妻のこと。表向きはともかく、やっぱりこれは恋人たちのそれに見えます。

まだ東京にいる時分には「この婆さんがどう云う因縁か、おれを非常に可愛がってくれた」などと冷静だったのに、ひとたび遠く松山に暮らしてみると、早々に「あんな気立のいい女は日本中さがして歩いたってめったにはない」と断言（坊っちゃん「日本中」行ったことなんてないじゃん、とツッこみたくなりますが）、手紙を送ったばかりというのに「それにしても、もう返事がきそうなものだが——おれはこんな事ばかり考えて二三日暮していた」そうです。返事が来たら来たで「大事な手紙だから風に吹かしては見、吹かしては見るんだ」とくるのですから、もう完全に、恋愛惚けした青年のおノロケ台詞。宿屋の食事が芋ばかりだと言っては「清ならこんな時に、おれの好きな鮪のさし身か、蒲鉾のつけ焼を食わせるんだが（…）どう考えても清と一所でなくっちあ駄目だ。もしあの学校に長くでも居る模様なら、東京から召び寄せてやろう」と考え、赤シャツの家の玄関が立派だと言っては「九円五拾銭払えばこんな家へはいれるなら、おれも一つ奮発して、東京から清を呼び寄せて喜ばしてやろう」と言う。なにより坊っちゃん自身が「おれは若い女も嫌いではないが、年寄を見ると何だかなつかしい心持ちがする。大方清がすきだから、その魂が方々のお婆さんに乗り移るんだろう」と言うのですから、みずから認めるフケ専あるいは「婆萌え」ぶりではないですか。

こうやって、坊っちゃんの心情やふたりのセリフと行動を並べてみれば、『坊っちゃん』のヒロインが清であることは、ほとんど疑いのないことに思えます。

読者である私たちがなかなかそれに気づかない最大の理由は、清が、その登場シーンですでに「婆さんである。この婆さんがどう云う因縁か、おれを非常に可愛がってくれた」と「婆さん」を連呼されているからであり、あるいは清自身「あなたが御うちを持って、奥さまを御貰いになるまでは、仕方がないから、甥の厄介になりましょう」などと言うからで、その時点でどこか私（たち）は、彼女をヒロイン役から外してしまう。

けれども右の会話をよく読めば、自分がその「奥さま」になる可能性について、彼女はとくに否定していません。そもそも『坊っちゃん』の主要な女性登場人物はわずかにふたり（あとは宿屋のおかみさんとか、そういうチョイ役ばかり）、そのうちひとりは他人の婚約者で、その八方美人ぶりで主人公と価値観を異にする悪女《マドンナ》です。彼にとってのヒロインがありうるとすれば、選択の余地なくもう一方の主要女性、清そのひとしかないのです。

「好き」と「嫌い」の関係

日本近代文学最初期の、教科書にもさんざん載っている「名作」が、世にも稀な、隠れた「年の差愛」を描いた小説だったとは、川上弘美のベストセラー『センセイの鞄』や、映画化され話題になった山崎ナオコーラ『人のセックスを笑うな』（どちらの小説も発表時、主人公が恋に落ちる相手との年齢差が話題になりました）も真っ青、東京と松山の空間的距離と、二十歳そこそこと五十〜六十歳の時間的（年齢）距離を考えれば、これこそ『愛の流刑地』という感じ。問題は、なぜそんなカップルが成立したか（＝なぜ漱石がそう描いたか）です。

もちろん、物語に描かれた出来事の範囲でも、坊っちゃんが清を好きになるのは道理にかなって見えます。なにしろ坊っちゃん、小さなころから溺愛されて、金鍔や紅梅焼、蕎麦湯に鍋焼饂飩と絶えず食べ物を与えられ（「餌付け」ですね）、汲み取り式の便器に落としたお金も拾って乾かしてもらっています（排泄物と金銭の関係は、精神分析学者フロイトでいう〝肛門期〟というやつです）。「将来立身出世して立派なものになる」「あなたは慾がすくなくって、心が奇麗」「今に学校を卒業すると麴町辺へ屋敷を買って役所へ通うのだ」等々と、坊っちゃんは清に褒められつづけますが、現代でもホスト・ホステスがお客を遇する手管のひとつは相手をひたすら褒めること、清はほとんどそんなコミュニケーションを坊っちゃんに仕掛けています。

しかも、そういう構図が成立しやすいように漱石は、坊っちゃんの周囲を彼への否定で固めました。有名な冒頭、「親譲りの無鉄砲で小供の時から損ばかりしている」坊っちゃんは、「ちっともおれを可愛がってくれなかった」父親と、「兄ばかり贔屓にしていた」母親、それに「元来女の様な性分で、ずるいから、仲がよくなかった」ため「十日に一遍位の割で喧嘩をしていた」兄とに囲まれて育ってゆきます。

おれを見る度にこいつはどうせ碌《ろく》なものにはならないと、おやじが云った。乱暴で乱暴で行く先が案じられると母が云った。（…）おやじは何にもせぬ男で、人の顔さえ見れば貴様は駄目だ駄目だと口癖の様に云っていた。何が駄目なんだか今に分らない。妙なおやじが有ったもんだ。兄は実業家になるとか云って頻《しき》りに英語を勉強していた。（…）ある時将棋《しょうぎ》をさしたら卑怯《ひきょう》な待駒《もちごま》をして、人が困ると嬉しそうに冷やかした。あんまり腹が立ったから、手に在った飛車を眉間《みけん》へ擲《たた》きつけてやった。眉間が割れて少々血が出た。兄がおやじに言付《いいつ》けた。おやじがおれを勘当すると言い出した。

そんな「おれ」を、泣きながら父親に謝ってかばってくれるのが、清の登場シーンです。続けてちょっと読んでみましょう。

その時はもう仕方がないと観念して先方の云う通り勘当される積りでいたら、十年来召し使っている清《きよ》と云う下女が、泣きながらおやじに詫《あや》まって、漸《ようや》くおやじの怒りが解けた。（…）この下女はもと由緒のあるものだったそうだが、瓦解《がかい》のときに零落して、つい奉公までする様になったのだと聞いている。だから婆さんである。この婆さんがどう云う因縁か、おれを非常に可愛がってくれた。不思議なものである。

彼女は「どう云う因縁か、おれを非常に可愛がって」くれ、そのことで坊っちゃんに好かれるわけですが、「到底人に好かれる性でないとあきらめていたから、他人から木の端の様に取り扱われるのは何とも思わない」坊っちゃんは、「却ってこの清の様にちやほやしてくれるのを不審に考え」るのですし、実際、私（たち）だって不思議に思えます。なんでそんなに清は坊っちゃんを好きなのか。

このことをめぐって論じられた文章のなかでも異色でおもしろいのは、石原豪人というひとの『謎とき・坊っちゃん』です。石原さんは、いわゆる研究者でも批評家でもなく、「さぶ」などの雑誌で活躍した挿絵画家なのですが、同書は『坊っちゃん』の登場人物のほとんどがゲイだと解釈する独創的なもの。「清」を「キヨ」ではなく「キヨシ」という名の男性だったと捉えれば清の坊っちゃんへの愛情も理解できるというのですが、その根拠が「本来なら、カタカナ書きで「キヨ」と書くべき」だからというだけなのが、漱石自身が「どう云う因縁か」と書いている「おれを可愛がる理由」を突破するにはちょっと弱い（とはいえその理由は、石原氏を執筆途中で喪った同書が、残された原稿や下書き、インタヴューのテープなどの限られた材料をもとに再現・構成を試みたものであるためかもしれず、著者および構成者二名に敬意を表していえば、同書の奇想天外さはたいそうおもしろいのです）。

なので、私（たち）はここで逆のアプローチをしましょう。

清が坊っちゃんを可愛がる理由と同じくらいに、これまた「どう云う因縁か」わからないほど徹底的に、両親や兄は坊っちゃんを嫌っています。「好く」の反対は「嫌う」ではなく無関心。適当に放置しておけばよいのにそうしないのには、「好く」のと同じぐらいになにか理由があるはず。そのことがわかれば、それとコインの表裏である「清が坊っちゃんを好きである理由」も見えてくるにちがいありません。

清が坊っちゃんを好きである理由

両親と兄は、なぜそこまで坊っちゃんを嫌うのか。

そもそも「親譲りの」無鉄砲なのですから、よしんば父親は息子に対して近親憎悪があるとしても、そんな男と結婚した母親ぐらいは、坊っちゃんを可愛がってもよいはずです。さもなくば、前半の章でたび重ねて参照した江藤淳の『成熟と喪失』のように、〝恥ずかしい父〟に対してふたりは結託してもよい。なのに、そこは変わらず冷えきったまま。

　父は「顔さえ見れば貴様は駄目だ駄目だと口癖の様に」いい（「何が駄目なんだか今に分らない」と坊っちゃん自身も途方に暮れています）、母に至っては「台所で宙返りをしてへっついの角で肋骨を撲って大いに痛かった」坊っちゃんを、とんと心配しないばかりか「御前の様なものの顔は見たくない」と突き放す。

　それに対して「色が白くって、芝居の真似をして女形になるのが好き」な兄は、母親からは贔屓され、ケンカをすれば父親がでてきて弟だけを一方的に「勘当する」といいだすのですから、不平等であることこのうえありません。いったいぜんたいなにゆえに、大事にされる兄とは対照的に、次男はそうまで嫌われねばならなかったか。その理由は、冒頭の何ヶ所かを見ると次第にわかってきます。たとえば、以下のくだりと、さきほど引用した箇所を並べてみましょう。

只《ただ》懲役に行かないで生きているばかりである。（坊っちゃん）
兄は実業家になるとか云って頻《しき》りに英語を勉強していた。（兄）

〝懲役に行かないのがせめてもの救い〟の次男と、〝実業家を志す〟長男。

兄は両親が亡くなったあと商業学校を卒業し、「何とか会社の九州の支店に口が」あるといって「家を売って財産を片付けて任地へ出立する」と言い出します。対して意外に従順な弟は、自分が住む場所もなくなるのに「牛乳配達をしても食ってられると覚悟を」するばかり。

結局、「兄はそれから道具屋を呼んで来て、先祖代々の瓦落多を二束三文に」売り、「家屋敷はある人の周旋である金満家に譲っ」て家族は解散。兄弟それぞれ別の道を進むのですが、「実業家」「英語」「先祖代々の瓦落多を二束三文」、この三つをキーワードにすると、兄がきわめて近代的な人間として描かれていることがよくわかります。


『坊っちゃん』が発表された一九〇六（明治三十九）年は、五年前に完成した八幡製鉄所が日露戦争に伴って操業規模を広げていた時期です。そんな「九州」にある会社の支店に行くのは、中央と地方とを鉄道で結んで発展させる明治日本の先端モデル。ペルリ特攻隊長に脅されてパシリになるのを選んだ日本の若者の、いかにもオリコウな優等生です。

対して「坊っちゃん」はどうであるのか。

のちには学校を出て四国・松山の中学校に数学教師として赴任するわけですから、彼とて近代化モデルと無縁ではないのですが、「只懲役に行かないで生きているばかり」や「牛乳配達をしても（という書き方はいま読めばなんとも差別的ですが）」といった反・オリコウさん的セリフはもとより、作品冒頭で次のように描かれる彼の生活は、兄的なものとは真逆でした。

菜園の西側が山城屋《やましろや》と云う質屋の庭続きで、この質屋に勘太郎という十三四の忰《せがれ》が居た。勘太郎は無論弱虫である。弱虫の癖に四つ目垣を乗りこえて、栗を盗みにくる。ある日の夕方折戸の蔭に隠れて、とうとう勘太郎を捕《つら》まえてやった。（…）この外いたずらは大分やった。大工の兼公《かねこう》と肴屋《さかなや》の角《かく》をつれて、茂作《もさく》の人参畠《にんじんばたけ》をあらした事がある。（…）古川の持っている田圃《たんぼ》の井戸を埋《う》めて尻《しり》を持ち込まれた事もある。太い孟宗《もうそう》の節を抜いて、深く埋めた中から水が湧《わ》き出て、そこいらの稲に水がかかる仕掛であった。その時分はどんな仕掛か知らぬから、石や棒ちぎれをぎゅうぎゅう井戸の中へ插《さ》し込んで、水が出なくなったのを見届けて、うちへ帰って飯を食っていたら、古川が真赤になって怒鳴り込んで来た。慥《たし》か罰金《ばっきん》を出して済んだ様である。

たいがい迷惑な少年ですが、注目すべきはこの箇所に列記される「職業」です。兄は「実業家」でしたが、ここに出てくるのは「質屋」「大工」「肴屋」そして「田圃（＝農業）」。いずれも明治近代以前からの職業です。入江雄吉『落語で読む経済学』などを読めば、質屋は室町時代から庶民のための金融機関として機能していましたし（遡れば鎌倉時代やそれ以前にルーツがあるとも言います）、大工もこれまた古典落語の「熊さん八っつぁん」がよく就く伝統職、魚屋だって天秤棒をかついだ「一心太助」に代表される江戸の風物のひとつですから、どれもいかにも「江戸」っぽく、もちろん「実業家」と違って英語などとも無縁です。そんな人間関係のなかでわいわいやっている弟を、辞書片手に近代人たらんとしている兄が、どう冷淡に見ていたかは容易に想像ができます。

『坊っちゃん』の時代設定は、日露戦争のロシア側将軍名が出ていることなどから、発表の前年である一九〇五（明治三十八）年だということになっています。父母の他界時の「坊っちゃん」の年齢から逆算すると、彼の生年は一八八五（明治十八）年ごろ。父母が他界時に何歳だったかは作中には書かれていませんが、母は一八九五（明治二十八）年に、父は一九〇一（明治三十五）年に亡くなっていますから、それぞれ、明治に入るちょっと手前に生まれた世代と想像できます。つまり彼らは、維新と文明開化とを経験して「明治の人間」たらんとしてきた「明治第一世代」であって、そんなふたりの〝新しい価値観〟からみて、「戦争を知らない子供たち」ならぬ〝江戸を知らない子供たち〟として、兄と弟、どちらを好ましく思うかは想像に難くありません。

明治を素直にそして誇らしく信じる兄と、反動的に江戸っぽさを体現する弟、前者を否定して後者を好むことは両親自身の人生を否定することになりますから（ここでも、江藤淳の〝恥ずかしい父〟問題が見え隠れしています）、両親は兄を好むしかない……坊っちゃんが両親に疎まれるのは、彼個人の性質や直接の素行ゆえではなくて、彼が与えられた「江戸」的な時代のバックボーンゆえなのでした。前出の批評家・渡部直己は、『私学的、あまりに私学的な』のなかで、『坊っちゃん』についてこう書きます。

「明治」対「江戸」の構図にそって、前者（赤シャツをはじめとする「近代人」たち）からは処世上の偽善と卑劣な策謀が、後者からはあくまでも現実離れした正義感と打算なしの純粋さとが、それぞれ絵に書いたような明瞭なタッチで浮かびあがってくること。そこにこの作品の大きな特色があり、漱石の作品としての例外的な変種性が認められる。

こう言って渡部さんはそこから、『坊っちゃん』の登場人物のセリフに見られる方言や地域性、それに誰がたくさんしゃべって誰がそうでないのかを鍵に、『坊っちゃん』という小説が、たんに登場人物どうしの活劇でなく、「言葉そのものの活劇」であるという鮮やかな転倒を見せるのですが、右でも言われている「明治」と「江戸」の対立構図から私（たち）は、「坊っちゃん」と「清」のロマンスに視線をもういちど向けましょう。

遠距離恋愛としての『坊っちゃん』

ここまでのように考えてくると、「清が坊っちゃんを好きである理由」も、ようやく腑に落ちてきます。

先に引用した部分でわかるとおり清は、幕府方についた藩士の身内かそれとも公家の末裔か、いずれにしても明治維新によってその身分を奪われ、「下女」として坊っちゃんの家に住み込みで働いていました。ならば彼女が維新についてどう捉えていたかは、容易に想像がつこうというもの。なにしろ自分からすべてを奪い取ったのですから。とすれば、明治近代モデルの兄と、江戸の文化や空気を無意識にも受け継いで見える弟と、どちらをひいきにするかも明らかでしょう。

「零落」した老女が、どこか自分の意志を継ぎそうな若者に、「将来立身出世して立派なものになる」「今に学校を卒業すると麴町辺へ屋敷を買って役所へ通う」という、現在の社会システムのなかでの栄達を夢見る姿は、貴種流離譚（＝貴い血筋の者が故国を追われて放浪し、いつか凱旋する物語）そのもの、ほとんど、革命で地位を追われたアンシャン・レジーム（旧体制）側の夢物語です。坊っちゃんと清の関係は国を離れた王女と老従者のそれであり、〝姫が離れてもじいやを気にする話〟だと思えば、ほとんど異形の愛に思えた彼と彼女の関係も、なるほど合点がゆくでしょう。

そんな始まりと物語の幹を持つ『坊っちゃん』ですから、赴任先の中学校で出会うバラエティ豊かな同僚たちも、どちらが江戸側でどちらが明治側かという視点で見ると、彼らのふるまいやことばの中に、なるほど、と思える部分が増してきます（詳しくは、前出の『私学的、あまりに私学的な』に書かれています）。

同時に、たんなる子供の悪戯か嫌がらせにしか見えなかった例の「天麩羅先生」「一つ天麩羅四杯也。但し笑う可らず」「天麩羅を食うと減らず口が利きたくなるものなり」と次々更新される「黒板」も、その速報性や、購読者（＝生徒たち）同士の結びつけ能力やらにおいて、前章でベネディクト・アンダーソンを参照しつつお話しした、「新聞全国紙」の写し絵にも思えてきます。

作家の丸谷才一は、『闊歩する漱石』のなかで、『坊っちゃん』について、「今の言ひ方で言ふと差別小説ですね。要するに東京者が田舎と田舎者を軽蔑する小説である」。なのにそれが問題にならなかったのは、「わが文明においては（…）首都はあこがれるもの地方は厭ふものと相場が決まつてゐた」からであり、「松山の町は坊つちやんから侮辱されるのをむしろ光栄とするやうになつたのでせう」と書いていますが、いやいや、そうとは限りません。

丸谷さんの言うとおり、「坊っちゃん」は、江戸的な（渡部さんの言葉でいえば、「現実離れした正義感と打算なしの純粋さ」）感情や振る舞いをとる一方で、日本文学研究者の石原千秋も「「坊っちゃん」の山の手」という文章で指摘するように、そのじつ「山の手」志向＝近代主義者の側面も持ちます。よく取れば〝革命のしかえし〟である「立身出世」欲もそれ自体としては「近代」のものですし、松山とそこの中学生を小馬鹿にした発言の数々を思い出しても、「坊っちゃん」はヒーローにあるまじき差別主義者でもあるかもしれません。しかし、松山の町（のひとびと）が、首都への憧れゆえに「侮辱されるのをむしろ光栄とするやうになつた」と言ってしまうべきではないのは、次々更新される彼らの「黒板」が、「新聞」のパロディとしてあるからです。

たしかに「新聞」は都市部（首都）から、その影響力を波及させるべく地方の都市や町にやってくる、ある意味「都市と国家の文化兵器」です。しかし、それを東京から天下り的にやってきて、中央の教育を旗頭に地方を見下す新米教員の坊っちゃんに、その「文化兵器」を模倣し銃口を向けたなら、それは立派に批評的な抵抗です。

その抵抗は「坊っちゃん」（とその読者）に対し、「それでは兄さまと同じぞな、もし」と暗に疑問を突きつけるのですし、さらには、ペルリ特攻隊長と自分たちの関係を、地方相手に縮小再生産しようとする中央政府に対しての、地方＝マイノリティの反撃と捉えることもできるでしょう。そうしてそれは、よく読めば、「坊っちゃん」と「清」の蜜月に対するささやかな異議申し立てに見えてくるかもしれません。

少し話が逸れました。

『坊っちゃん』のメイン・ストーリーである〝冒険活劇〟はともかく（それはそれで、素直に読んでいただければ楽しくどんどん進むはずです）、年の差カップルの〝遠距離恋愛物語〟としての『坊っちゃん』は――遠恋なぶん、作品中盤では手紙のやりとりしかないので、ふたりの熱愛の様子は冒頭とラストにかたまって書かれています――、どんな結末を迎えるのでしょう。

「山嵐」とふたりで、悪の「赤シャツ」たちに〝天誅〟をくだしたあと、作品は次のようなエンディングで閉じられます。

その夜おれと山嵐はこの不浄な地を離れた。船が岸を去れば去るほどいい心持ちがした。神戸から東京までは直行で新橋へ着いた時は、漸《ようや》く娑婆《しゃば》へ出た様な気がした。山嵐とはすぐ分れたぎり今日まで逢う機会がない。

清の事を話すのを忘れていた。――おれが東京へ着いて下宿へも行かず、革鞄《かばん》を提《さ》げたまま、清や帰ったよと飛び込んだら、あら坊っちゃん、よくまあ、早く帰って来て下さったと涙をぽたぽたと落した。おれも余り嬉しかったから、もう田舎へは行かない、東京で清とうちを持つんだと云った。

その後ある人の周旋で街鉄の技手になった。月給は二十五円で、家賃は六円だ。清は玄関付きの家でなくっても至極満足の様子であったが気の毒な事に今年の二月肺炎に罹《かか》って死んでしまった。死ぬ前日おれを呼んで坊っちゃん後生だから清が死んだら、坊っちゃんの御寺へ埋めて下さい。御墓のなかで坊っちゃんの来るのを楽しみに待っておりますと云った。だから清の墓は小日向《こびなた》の養源寺にある。

帰京してまっすぐ女のもとを訪れれば、彼女はうれしさにはらはらと涙をこぼし、主人はそのいとおしさに思わず「もうどこにも行くもんか、お前と所帯《うち》を持つんだ」と言う――その姿は、ほとんど、かつての大ヒット映画、リチャード・ギアとジュリア・ロバーツによる『プリティ・ウーマン』のエンディングです。これで、死んだ清がもういちど坊っちゃんに会いにくれば、デミ・ムーア主演の『ゴースト　ニューヨークの幻』で、清が死ぬまでの日々を描けば『余命1ヶ月の花嫁』という感じ。いずれにしても、愛しあうふたりの姿を描いているとしか言いようのないラスト・シーンではないですか。

ノスタルジーと近代化の葛藤

さて。この章の最初の問題に戻りましょう。

「近代」の始まりにおいて「小説」が、ただの娯楽や芸術とは少し違った顔、近代国家になろうとする日本全体の意志や社会構造との関わりを持っていたことの実例として、ここでは『坊っちゃん』を見てきました。

『坊っちゃん』の物語自体は、右で見てきたように、江戸的なものを代表する「清」(や「山嵐」や友人たち)と、明治的なものを代表する「兄」(や両親、「赤シャツ」たち)との狭間で、「坊っちゃん」が揺れる話です。

しかし、別の言い方をすればそれは、ペルリさんの襲来を経て大きくシステムが揺れ動く江戸末期から明治日本の、ノスタルジーと近代化の対立と言うことができます。

当時は日本という国家自体、一八九四(明治二十七)年の日清戦争と一九〇四年(明治三十七)年の日露戦争をそれぞれ翌年にかけて制し、戦勝気分に沸いていたころ。西欧列強のパシリだった日本も、植民地戦争のデビュー戦に勝利、続く第二戦にも勝って、いっちょまえのヤンキーになりつつあった……思春期の子供がちょいワルを気取って親離れするように、いよいよ、かつて慣れ親しんだ江戸から離れる時期でした。

平均寿命から考えれば、当時まだ江戸に生きたひとたちや、彼らを親に持ってその影響を直接受けた明治の第一世代が社会の半数ほどを占めていたはずです。しかしそのひとたちも、いよいよ心理的にも「江戸」を埋葬しなければならない。それも無理やり埋めるのではなく、去りゆくものへの愛情を惜しみなく注ぎつつ、儀式としての埋葬を行うことが、いよいよ必要でした。

私たちが今日行う「葬儀」は、ときにお通夜のかたちで夜通し故人について語り合い、またときに酒食を交えて笑い泣きます。そうすることで、死者を弔うと同時に、故人がほんとうに「死んだ」のだと生者たち自身が理解し納得する。それと同じ意味で、明治終わりのひとたちは、「江戸」を愛しそれについて惜しみなく語りつつ、「江戸」を埋葬する必要がありました。小説『坊っちゃん』とその主人公が、清をとことん愛しその死を看取り葬ることは、そのための儀式だったのです。

違う言い方をすれば、彼らから見た「江戸」は、「歴史」扱いされるほど昔ではないけれど（その時代を生きていたひとがまだ十分いますから）、かといって同時代的でもない、ちょうどよいノスタルジーを投影する対象だった、とも言えます。

『ALWAYS　三丁目の夕日』が上映時からほぼ半世紀前を描いてひとびとのノスタルジーを喚起したように、『坊っちゃん』は、（舞台設定は当時と同時代ですが）発表から半世紀前の「江戸」の残滓を描いて、やはりひとびとのノスタルジーに訴えた。その意味では、『坊っちゃん』は、〝明治の『三丁目の夕日』〟だったのかもしれません。

ただし両者が違うのは、（作品そのものの責任と言うよりその受けとられ方の問題ですが）『ALWAYS　三丁目の夕日』が基本ただ郷愁を喚起して終わるのに対して、『坊っちゃん』はきちんと清＝江戸を死なせて終わることであり、同じ主人公でも「ろくちゃん」や「茶川竜之介」が彼ら自身はなにかを失うことのない〝読者による浪漫《ノスタルジー》の架空の投影先〟であるのに対し、読者のノスタルジーの対象でありつつも彼自身が清を失う『坊っちゃん』は、〝読者たちの現在〟につながっていた、ということです。

坊主が「ひとの死」なしには葬儀ができないように、明治の小説家たちにとっては（彼らが自覚していたかどうかは別にして）、「江戸」の終焉こそが、彼らの登場と活躍を準備する「死」でした。その最初のきっかけが「特攻隊長ペルリ」の登場だった以上、彼らが「アメリカなしにはやっていけない」のも、こう振り返ってみれば、ある意味自然なことです。

近代化の象徴である都市間鉄道に乗って、一度は松山での教師業に就いた坊っちゃんは、汽船に乗ってその地を離れて神戸にむかい、そこから東京に戻ってきます。行きは「汽車」だと明記されていた神戸・東京間の移動手段について帰りには触れられておらず（直行で、とはありますが）、逆に行きではほとんど描かれなかった「汽船」を帰路で描くのは、どこか示唆的にも見えますが、ともあれ清のもとに戻って以降の「坊っちゃん」は、「街鉄（路面電車）」の技手になるのでした。

「電車」と書けばいかにもあたらしげに響きますが、狭い都市部から出ることもなければ鉄鋼も兵隊も決して運ばない「街鉄」は、交通手段としてはむしろ「馬車」の延長線上（なにしろ当初は「馬車鉄道」でした）。その技手（車掌）となることは、否応なしに訪れる「近代」に翻弄されつつも片足を江戸という時代に残している、そんな選択にほかなりません。それは結局、江戸を愛したがゆえに「坊っちゃん」を愛した「清」を、彼女の死後も忘れまいとする決断であって（そして実際、忘れていないからこそこうやって、坊っちゃんは「清」の回想録的な小説を語ることになるわけです）、その意味でもやっぱり『坊っちゃん』は、彼女との純愛小説なのでした。

第十一章　もういちど、芥川賞と「父の喪失」

「蜂蜜パイ」における春樹の心境

さて、話はもういちど村上春樹に戻ってきます。

二十世紀の最後の一年であり、二千年代の最初の年でもある、二〇〇〇年。この年の二月、村上春樹は一冊の短篇集を刊行しました。前年の夏から冬にかけて文芸雑誌「新潮」で発表された五篇の短篇に、新たに書き下ろされた一篇を加えた本です。書名は、収録した短篇のタイトルからひとつを選んで、『神の子どもたちはみな踊る』とつけられました。その、書き下ろされた短篇――「蜂蜜パイ」という、文庫本で五十頁ほどの作品です――のなかに、こんな場面があります。

> 24歳のときに書いた短篇小説が文芸誌の新人賞をとり、それが芥川賞の候補になった。その後五年のあいだに合計で四度、芥川賞の候補になった。悪くない成績だ。しかし結局賞をとることはできず、万年有力候補で終わった。「この年齢の新人としては文章の質も高く、情景描写と心理描写には見るべきものがあるが、処どころで感傷的に流れる傾向があり、力強い新鮮さ、小説的展望に欠ける」というのが代表的な選評だった。
>
> 高槻はその選評を読んで笑った。「こいつらはみんな頭がずれてると思うね。小説的展

望っていったい何だ？　まともな社会人はそんな言葉使わないぜ。今日のすきやきは牛肉的展望に欠けたとか、そんなこと言うか？」

三十六歳の中堅作家・淳平を主人公にしたその短篇は、『1Q84』のほぼ十年前に、こんなふうに芥川賞について触れています。とはいっても、淳平の書く小説は「主に若い男女のあいだの報われない愛の経緯を扱って」いて、「結末は常に暗く、いくぶん感傷的」で、「文学の流行からは間違いなくはずれて」おり、「筋書きはどことなく古風だった」といいますから、村上春樹そのひとの作品とは――少なくとも、『風の歌を聴け』や『一九七三年のピンボール』に、当時の選考委員たちが与えた評価とは――あまり重なりません（どちらかというと『こころ』や『明暗』など、漱石のある種の作品を想起させます）。ですから、主人公の友人・高槻の言う「こいつらはみんな頭がずれてると思うね」という選評への揶揄も、当時の村上春樹に向けられた選評への直接のレスポンス、というわけではないでしょう。

ですが、『1Q84』への予兆のように作中で芥川賞に触れたこの作品は、いくつか私（たち）にとって興味深い点を持っていました。最大の特徴は、この作品が、村上春樹の小説のなかでは珍しく、主人公が子供を持つ（持とうとする）ことにあります。『神の子どもたちはみな踊る』に収められた六作品のなかでも、ほかの五作品の主人公には子供がいません（子供をほしがらなかったことを理由に、夫に離婚される女主人公がいるくらいです）。それは、あの『風の歌を聴け』や『一九七三年のピンボール』から続く、戦後の日本が「アメリカ＝（限定し、承認する）強い父」を否応なく持ってしまっていることへの自覚であり、それに対して「恥ずかしい父」でしかありえない自分を拒絶する姿勢でもある、と言えます。さらには、当時の（あるいはそれ以後も少なくない割合でこの国の「文学」に浮かびつづけている）他の作品や評者たちが見せる〝「恥ずかしくない父」であろうとする／であると思い込もうとする〟スタイルと、明確な一線を引くことでもあるはずです（滑稽なほどにマッチョでペニスと性交に執着し、ほとんどご都合主義的に性関係を持つ主人公の姿には賛否両論ありますし、筆者もたいがい「やれやれ」と思うのですが、それもまた、「恥ずかしい父」への風刺ということに、とりあえずここではしておきましょう）。

そのことは、本書の中盤以降で見てきたような、この国の「近代」とそのツールとしての「文学」が成立の経緯において不可避に背負ってきた、幾重もの意味でアメリカ的な抑圧を受けつつそれを模倣しようとする「父親」像への反旗でもありますが、それらに加えてじつは、村上春樹という個人の、父親に対する個人的な心情も投影されているのかもしれません。オランダ生まれのジャーナリスト、イアン・ブルマが『ねじまき鳥クロニクル』の刊行を期に行ったインタヴューのなかで、彼は父親について、こんなふうに語ります。

村上は自分の父親について話しはじめた。父親とは今では疎遠になっており、滅多に会うこともないということだった。（…）村上は子供の頃に一度、父親がドキッとするような中国での経験を語ってくれたのを覚えている。その話がどういうものだったかは記憶にない。（…）「聞きたくなかった」と彼は言った。「父にとっても心の傷であるに違いない。だから僕にとっても心の傷なのだ。父とはうまくいっていない。子供を作らないのはそのせいかも知れない」。

（『イアン・ブルマの日本探訪』）

『ねじまき鳥クロニクル』には、主人公「僕」の仲間となるシングル・マザー「赤坂ナツメグ」が出てきて、中国・新京の獣医だった父親の動物園を襲った悲劇について語りますし、「僕」と妻との結婚に重要な役目を果たす「本田さん」やその上司「間宮中尉」が満州でしたことについても書かれています。

が、物語上それらは「僕」とは直接かかわりのないこととされているうえ、右のインタヴューで村上春樹自身が「記憶にない」といっているのですから、『ねじまき鳥クロニクル』のストーリーと彼の父親のことを安易に結びつけるべきではないでしょう（イアン・ブルマの記述によれば、彼は「父親のことを絶対に人にしゃべらない」。だから、ブルマのインタヴューで父親について話したことに、村上春樹の妻・陽子さんはびっくりしていたという）。私（たち）が手がかりとするべきは、「父とはうまくいっていない」という彼の言葉であり、「子供を作らないのはそのせいかも知れない」という推測です。そのどちらをとっても、「父親」というものが村上春樹にとって大きな存在であること、「ひょっとすると、それが原因でいまだに中華料理が食べられないのかも知れない」と口にするほどに「限定し、承認する存在」であるだろうことは、容易に推し量れますし、父親とうまくいっていないせいで「子供を作らない」のかもしれないとまで言う彼の作品で描かれる主人公たちのほとんどが父親にならないことは、その作品（とさらにはその読まれ方、受けとられ方）を規定する大きな要素であるはずです。

なのに。『神の子どもたちはみな踊る』の単行本化に際して書き下ろされた、先の「蜂蜜パイ」の主人公・淳平は、村上春樹作品の主人公としてはかなり珍しいことに、子供を持とうとするのです。ただし、その子供は、血の繋がった子ではありませんでした。

淳平には、大学時代からのごくごく親しい友人がふたりいました。ひとりは小夜子という、彼がずっと思いを寄せる相手であり、もうひとりは（さきほど芥川賞の選評に毒を吐いていた）高槻という男です。会ってからまだ数カ月のうちに、淳平は小夜子こそ「自分が探し求めていた女性だと確信」するのですが、高槻のほうはもっと動きが早く、「俺は小夜子のことが好きなんだ。それで、かまわないか？」と淳平に宣言するのでした。そうこうして淳平は小説家に、高槻は新聞記者に、小夜子は大学院生になり、彼女の卒業後に高槻と小夜子は結婚して、三十を過ぎてまもなく娘の「沙羅」が生まれる……のだけれど、娘が二歳になってしばらくしてふたりは離婚し、それでも親しい行き来を続ける三人のあいだで、小夜子と淳平の結婚がかすかに意識されるようになるのです。

長く続く躊躇から、神戸の大地震を経て、淳平は小夜子に結婚を申し込もうと決めて、寝室で布団にくるまって眠る小夜子と沙羅を守る不寝番を自分に課しながら、彼はこう独白します。「これまでとは違う小説を書こう、と淳平は思う。夜が明けてあたりが明るくなり、その光の中で愛する人々をしっかりと抱きしめることを、誰かが夢見て待ちわびているような、そんな小説を。でも今はとりあえずここにいて、二人の女を護らなくてはならない」――ここで主人公は、「父親」になることを決意しているわけですが、その「父親」は、いわゆる「血縁のある実父」ではありません。彼が選択するのは、親友であった（そしていまは職場の同僚だったもと愛人と一緒になっている）高槻の、彼いうところ「あとがまになる」ことです。

かつての尾辻克彦『父が消えた』で父親の埋葬によって「私」があらためて、そしてかけがえのない「父」となることや、あの石原慎太郎『太陽の季節』の主人公・竜哉の、ヒロイン・

英子を妊娠はおろか死に至らしめる過剰な「種付け」性とでも呼ぶべきものと、それは真逆の選択です。

現実世界での話はともあれ、村上作品や本書の文脈で言うならば、「義理の」父親になることは、「父親になる」ことを認めると同時に、血縁を持たない父をやり続けることによって「(血縁としての)父親である」ことを否認するという、二重化された「父親」のイメージを選びとることです。「父でありながら、父にならぬこと」――そうした淳平の決断は、『1Q84』の天吾(と青豆)のそれにつながってゆきます。

父をめぐって

『1Q84』はご存じの通り、天吾と青豆という、ふたりの主人公の物語です。スポーツ・インストラクターである青豆は、傷つけられた女性たちのための復讐を請け負う暗殺者としての顔を持ち、仕事のストレスからかどこか色情狂《ニンフォマニア》的でもあって、しかし子供のころにわずかな期間だけ出会った同級生の男の子を、いまでも心のどこかでずっと探している。塾講師で小説家の卵である天吾は、「ふかえり」という少女の書いた小説を書き直し《リライト》したことをきっかけに彼女を匿うようになり、施設で寝たきりの父親を見舞ったりしながら、これまたかつて教室で手を握りあった少女を探している。

このふたりの物語について子細にみてゆくことは本書のテーマと離れますからしませんが、編集者の小松が天吾を「でかいこと」＝ふかえりの小説をふたりで書き直して芥川賞を狙うという話に誘うところから始まった『1Q84』という小説は、その「BOOK1」から「BOOK3」を通じて、小説と芥川賞と父親（とアメリカ）をめぐってきたここまでのお話に、ぴたりと符合するのでした。

主人公ごとのパートに分かれた『1Q84』の大枠を追っていけば、彼らはそれぞれに、こんなふうに動いていています。

一方の天吾は、自分の意図とはかならずしも一致しないカタチで（インサイダー取引みたいなものではないか、と小松の提案をいちどは拒みながらも、ふかえりが送ってきた作品の魅力にひきつけられて）『空気さなぎ』の書き直しにかかわり、その結果、ふかえりと彼女の逃げてきた教団とを軸にする（まるで『空気さなぎ』の延長にあるような）物語に巻き込まれてゆくことになります。「空気さなぎ」なる繭のようなものが出てきたり、そのなかに小さな青豆がいたりと、ほとんどファンタジー小説のような展開ですが、ともあれ自分が手を入れた「小説」にみずからの内面や世界認識を動かされるようにして、彼は「1Q84年」の世界に触れてゆく。その過程で、けっして存在を認めることのできなかった父親と「それが和解と呼べるのかどうか僕にはわからない」けれども「少なくともある部分で和解し」「あなたは僕の父親、なるものだ」という認識を得て、天吾は父親の死を見届け、青豆との再会にむけて進んでゆきます（ちなみに、満州開拓団に参加した過去を持つ彼の父親は、戦後は「共同経験」を与えるあの「ＮＨＫ」の集金人となって、視聴料を漏らさず徴収することと、その結果「番組」を届けることで、あらゆるひとびとを彼の手で結び合わせる働きをしています）。

　きわめて大雑把に言えば、天吾は、青豆との再会＝（『１Ｑ８４』の「ＢＯＯＫ３」までのとりあえずの着地点としての）父親になることに向けて、自分の父との関係を乗り越えながら（彼を規定し続けてきた父を直視し、自分の小説を読み聞かせてその承認を求めながら）、一部を自分が書いた小説《くうきさなぎ》のストーリーに頼って、自分と自分の周囲の世界を構築してゆく。それは、いわゆる近代小説の歩み（あるいは明治から昭和、そして『風の歌を聴け』の一九七九年に至るこの国の歩み）と、よく似ています。いくらか違っているのは、「空気さなぎ」や「リトルピープル」の存在、そしてふたつに分かれた月などが、世界をいささかファンタジーめいたものにしていることです。

　他方で「青豆」はどうかといえば、彼女は彼女で、女性側の視点から、「恥ずかしい父」と戦っています。青豆が暗殺者になったきっかけや、その活動を続ける対象は、どれも「妻や子供たちに激しい暴力を振るう」夫たちであり、それらは文字通り「無自覚で未熟な夫＝父」として——つまりあの森禮子『モッキングバードのいる町』の戦争花嫁が嫁いだ相手や、その作品を対岸の火事として読むことしかできなかった男たちのように——、青豆やその仲間たちの前に立ちはだかります。けれども、その戦いの究極の対象であった「教祖」は、自分を殺しに来た青豆を「承認」する厳父として彼女に接するとともに、自分が預言者《ちちのみがわり》であることを告白してそのさらに上位にある者《ちち》の存在を示唆しもします。つまり、青豆の物語には何層もの「父」が訪れていて、それらによって規定されながら、彼女はそれに挑んでゆく存在として描かれる。そうやって戦いながら青豆は、やはりファンタジーの書き割りめいた世界のなかで、想いびとである天吾を求めてゆくわけです。

　しかし、「ＢＯＯＫ２」の結末に至るまで、ふたりはすれ違ったまま出会うことができません。「ＢＯＯＫ３」が出たいまとなってはもはやそれが当然の世界、たったひとつの現実になってしまいますが、三冊目の存在がまだ公にされていなかった（＝存在するかしないかが、村上春樹の手に完全にゆだねられていた）時点では、「ＢＯＯＫ２」の最後で追跡者に追い詰められた青豆が銃口を口に銜えて自殺を図る場面の結末も含めて、彼らがふたたび現実で（その「現実」がどれかも、この作品の構造からいえばあやういものですが）出会えるかどうかは、宙に浮いていました。

「父親になる」ということ

ところが、「BOOK3」でふたりは、第三者の存在によって結びつけられます。「牛河」という、『ねじまき鳥クロニクル』の第三部でも登場した中年男が今回は青豆を追う探偵役として、「BOOK1」「2」の天吾と青豆それぞれのパートで語られた、彼と彼女の過去と現在を追ってゆくのです。最初は、教団の依頼を受けて『空気さなぎ』の実質的な執筆者である天吾に接触する者として、それから、教祖を殺したとおぼしき女性整体師＝青豆を探し出す者として。ところが牛河のその行動は、それぞれ相手を心の中で追い求めながらも接点の見つからなかった天吾と青豆を、結果的に出会わせてしまいます。

牛河が、小説の構造と近代小説の歴史のなかでどのような重要な役目を果たす（果たそうとしている）のかは、本章の終わりでもういちど触れることにしますが、ともあれこの、妻とふたりの娘に捨てられた「福助頭」の中年男――つまりは彼もまた、視界から消されてしまうほどに「屈辱的な」〝恥ずかしい父〟であって、「蜂蜜パイ」の「淳平」とは逆に（どちらかといえば「高槻」に近いポジションで）、血縁であることは消去できぬながらも、いわゆる「父親」であることは断念させられた存在です。とはいえ彼はその屈辱に耐えながら、「娘たちがたとえ牛河を忘れ去ったとしても、その血が自らの道筋を見失うことはない」と信じます――のアシストによって天吾と青豆は再会することになります。牛河は青豆と天吾それぞれの過去を追い、訪ね、想像し、記述し、「BOOK1」「2」でバラバラに書かれていたふたりの足跡を自分の手で（「牛河」のパートにおいて）語りなおすことで、それらをひとつの物語に紡ぎあわせてゆく。小説を「読む」行為や「書く」行為はしばしば探偵になぞらえられるのですが、「BOOK3」で牛河が果たした役目は、まさに「小説家」の写し絵であり、その牛河《しょうせつか》の手によって、主人公とヒロインは結びつけられてゆくのです。その結果、彼らはどこかズレた「1Q84」年の世界を抜け出て、現実の「1984」年（らしき）世界に戻ることができる。そのとき、ふたりが交わす会話は、こうです。


「私は子供を身ごもっている。おそらくあなたの子供を。それがとりあえず、あなたが知らなくてはならない大事なことになると思う」

「ぼくの子供を身ごもっている？」、運転手が耳を澄ませているかもしれない。しかしそんなことを考えている余裕は天吾にはない。

「私たちはこの二十年のあいだ一度も顔を合わせていない」と青豆は言う。「なのに私はあなたの子供を身ごもっている。私はあなたの子供を産もうとしている。それはもちろん理屈に合わない。（…）説明することはできない。でも私にはただそれがわかるの」

（…）「思い当たることはある」と天吾は乾いた声で言う。「やはり論理では説明できない出来事が、その夜に僕の身に起こった。（…）それが何を意味するのか、そのときはわからなかった。今だってその意味が正確に理解できているわけじゃない。でももし君がその夜に受胎したのだとしたら、そしてほかに思い当たる可能性がないのだとしたら、君の中にいるのは間違いなく僕の子供だ」

こうやって、天吾は自分が父親になることを認めるのでした。〝限定し、承認する〟父としての（しかしそのじつ、より上位者の代行でしかない）教祖も、屈辱に耐えるもと父親としての牛河も、戦後日本の写し絵であるような「ＮＨＫ」集金人だった天吾の父も喪われた、つまりすべての「父」が退場した先で、天吾は、みずからが父になります。それは、「蜂蜜パイ」の淳平が選んだ道を、さらにもう一歩進めたものでした。淳平は、高槻の子である「沙羅」の（血縁のない）父となることで、父でありながら父でない、という二重性をみずからに与えましたが、天吾は「きみの中にいるのは間違いなく僕の子供だ」と、血縁からも逃れずに「父」であることを引き受けます。青豆との性交渉によってではなくドウタ《ダッチワイフ》としての「ふかえり」との性交で結ばれた血ではあっても、それが自分の子供にほかならないと認めること――『１Ｑ８４』を、書き直し《フェイク》としての小説が〝踏みとどまり〟によって一作のオリジナルな小説となり、「擬態」としての性交が、いつか真の「父」になることにつながる物語だと捉えれば、それは、はずです。

『風の歌を聴け』に始まった村上春樹の「父《アメリカ》」への長い旅が終わる瞬間だと言うこともできる

「ＢＯＯＫ３」で完結したかどうかもいまは定かではないこの作品の中でだけ考えたとき、それが物語としてじゅうぶんな結末であるかはわかりません（職業的責任を伴った批評家でもないかぎり、それは、読むひとがそれぞれに自由に、また直感的に決めればよいでしょう）。しかし、一九七九年から二〇〇九年に至る三十年（一九四九年生まれで二〇〇九年に〝還暦〟を迎えた村上春樹にとって、自分の「小説を書かない人生」と「小説を書く人生」とが、ぴったり半分ずつになる時間です。つまりそれ以降は、彼にとって二周目の〝暦〟であると共に、「小説を書く人生」のほうが確実に多くなってしまう……）を眺めたとき、その翌年に発表された「ＢＯＯＫ３」のラストシーンは、たしかに、あるひとつの「結末」であったはずです。いまやそれは、一九九五年時点のインタヴューでなお「子供を作らない」と現在形で答えていた村上春樹自身が「父親」になった瞬間だったようにすら見えてきます。

「壁と卵」の比喩で大きく報道されたエルサレム賞の受賞スピーチで、父親について彼は、公にこう話しました。

私の父は昨年、九十歳で亡くなりました。彼は引退した教師であり、パートタイムの僧侶でもありました。（…）父は亡くなり彼の記憶も共に消え、それを私が知る事はありません。しかし父に潜んでいた死の存在感は今も私の記憶に残っています。それは父から引き出せた数少ない事のひとつであり、もっとも大切な事のひとつであります。

「疎遠」で「うまくいっていな」かったはずの、そしてそのひとについて「絶対に人にしゃべらない」はずだった、父親の残した記憶を、「もっとも大切な事のひとつ」だと彼が口にしたのは、二〇〇九年のはじめです。それは彼が『風の歌を聴け』をポストに投函してから三十年後のことであり、『1Q84』が刊行される数カ月前のことでした。

村上春樹の〝根っこ〟

「BOOK3」刊行後のインタヴューでは、村上春樹は「父」の問題について、次のように語ります。「父性というのはつねに大事なテーマでした。（…）自分を束縛しようとする力、それも論理的に束縛しようとする力という意味で。母性というのは、もう少し情念的な束縛だけど、父性というのは制度的な束縛であるわけです。それを振り払って自分が個であり自由であることを求めるのは、僕にとって普遍のテーマです」（「考える人」二〇一〇年夏号）……「父性」をアメリカ、「母性」を日本と置き換えて読めば、村上春樹の〝根っこ〟にある遠近法が、右の言葉にはよく表れています。

『一九七三年のピンボール』と『モッキングバードのいる町』の関係において、前者を拒絶して後者を迎え入れることは、「物真似鳥《モッキングバード》」としての自分たちを認めまいとする所作でした。そのような判断をした選考委員たちを捉えていたのは、彼らが持つ〝日本〟というイメージの「情念的な束縛」とでも呼ぶべきものです。

同じインタヴューで彼は、「複数言語による思考の分割がなかったら」自分にとっての小説はうまく書けなかっただろうと語っていますが、その「複数」とは、標準語と関西弁であるとともに、英語でした。「関西弁から東京の言葉、東京の言葉から英語という、三段階のステップを踏んで、その重層化された言語環境があったから、自分なりの文章をこしらえていけたということもあるように思います」——そのために彼は、あの『風の歌を聴け』の冒頭数頁、つまり「村上春樹」の小説のいちばんはじめの数頁を、英語で書いたといいます。

そのとき書かれたのは、「僕」が書くことについての記述であるとともに、先にも記した通りデレク・ハートフィールドについてのくだりなのですから、まさにそれは「擬態」である自分を何重にも意識する「数頁」（架空の作家について書くという擬態、英語で書くという擬態……）でした。そこでは、彼にとって通底するふたつの「論理的束縛」、つまり自分たちが考え書くことの基盤としての言語と、自分たちが生きる社会そのものの根底にある「アメリカ」とが、ねじれたかたちで相互に照らしあうことになります。日本語でアメリカの架空の作家について書くことは日本語という言語の拘束について思考させ、英語で書くことが近代日本社会の〝根っこ〟にあるアメリカ性を思い浮かばせる……。

「物語というのは結局のところ、自分の根っこから出てきているものです。その根っこを表に引きずり出すというのは、ある場合には僕自身にとって非常にきついことでもあります。見たくないものを見なくてはならない、ということもあります。そういう作業に耐えるためには、文体を強固にしていくことがなにより大事になってきます」――『風の歌を聴け』や『一九七三年のピンボール』と同時期の中上健次との対談で大江健三郎が用いたのと同じ〝根っこ〟という言葉を使って、三十年後の村上春樹が右のように話すとき、彼の焦点は「文体」に当てられています。一方で会話の言葉の重要さについて「簡単な言葉を上手に組み合わせることによって（…）複雑なメッセージも有効に浮かび上がらせていくことができる」と言い、しかしときに意図して「正面から何かを解析しようとすると、言葉はどうしても重く、かたく、強くなって」いくけれど時にはそれを意図して行うこともあるのだと言う、村上春樹の文体については、本書では踏み込まずにおきます（それは非常に強い筆者の興味の対象なのですが、それについて書くにはこの新書の何倍もの分量の〝かたい〟文章がたぶん必要なので、また別の機会にしましょう)。ただ、いまここの文脈で大事なのは、村上春樹がそれを「翻訳をするときに、一語一語くまなく読んでみて」発見したのだ、ということです。翻訳はむろん彼にとっては英語と日本語のあいだで、アメリカ社会と日本社会のあいだで行われる仕事です。つまりそこでも、自分たちが用いる言語についての「論理的束縛」が、アメリカとの対照によって発見された、というわけです。

そうした村上春樹の思考の道程は、じつは夏目漱石のそれとよく似ています。夏目漱石の代表作の主人公も、『道草』の「健三」を除けばみな子を持たない(=「父」にならない)夫たちであり、そこには「義理の父」のモチーフもしばしば登場しますが(そうして、漱石作品の名をいくつも挙げる右のインタヴューのなかで、村上春樹が『道草』だけは決して挙げようとしないことも興味深い事実です)、そんな漱石の『文学論』は、彼の東京大学での英文学講義をまとめたものでした。それは、そもそもイギリス留学時の「英文学に欺かれたるが如き不安」を出発点としています。イギリスとアメリカ、不安と擬態と、切り口と態度をやや異にしつつも、両者は英語を相対化の手段として用い、そこから自分(たち)の文学を再発見しようとしています。

先のインタヴューでも村上春樹は、漱石について幾度となく言及していました。そこで彼は父性と母性を分かち持つ「夫婦」について、こう語ります。「漱石の小説を読んでいると、夫と妻がお互いに合わせ鏡みたいになっているという気がします。妻が夫のなかに自分の姿のある部分を見て、夫が妻のなかに自分の姿のある部分を見て、それに対してお互いに共感を、また憎しみを持つ」……先の「父」をめぐる箇所の引用を踏まえれば、父性的なものと母性的なもの／制度的束縛と情念的束縛とは、互いに照らしあい、そして共感と憎しみを育ててゆく、ということになるでしょう。それはまさに、『風の歌を聴け』や『一九七三年のピンボール』のころの、日本文学をめぐる環境そのままです。そうして、村上春樹の初期作品は、「擬態する《ニッポンの》小説」としてあることで、その狭間を抜けていこうとしていた。それは、父になることを拒絶し、母にもたれることにも背を向けて（つまり、どちらもが物真似鳥《モッキングバード》＝戦争花嫁であるような父母とは違う、自分の「見たくない根っこ」をあえて模倣するという態度として）、「個であり自由であることを求め」たことでした。しかし、一見それはただの「バタくさい」物真似にしか見えなかった――だからこそ、芥川賞は、村上春樹に対して、単純に「与えられなかった」と同時に、「与えることができなかった」……受動と可能、「られる」という言葉のふたつの意味が、そこでは合わせ鏡のようにどこまでも続いています。

『風の歌を聴け』と『一九七三年のピンボール』から三十年、とうに村上春樹自身はその場所を立ち去ったいまも、その残像は日本《ニッポン》文学のなかにどこか浮かんでみえます。そしてその残像をそれぞれの方法できちんと乗り越えた書き手たちこそが、その後の文学の歴史を形作ってきたはずですし、この先も作ってゆくことでしょう。

第十二章　ニッポンの小説——おわりに

「受賞作なし」の時代

前章までで、本書の表題でもある『芥川賞はなぜ村上春樹に与えられなかったか』のお話は、とりあえず終わりです。けれども、『一九七三年のピンボール』が選考された一九八〇（昭和五十五）年上半期の第八三回からはすでに三十年の時間が流れ（芥川賞の選考回数で言うとじつに六十回。もう十年ちょっとすれば村上春樹の一九七九・八〇年は、菊池寛の創設から数えてちょうど折り返し点にあることになります）、文学賞と日本文学をめぐる状況や構造も、少なからず変わってきました。なにより、坪内逍遙や夏目漱石の時代から続いている〝ニッポンの小説〟は、もちろんいまも（そして今後も）続いています。ですから、「あとがき」の代わりに少しだけ（でもけっこう長く）、「その後」と「未来」を見てゆきましょう。

『一九七三年のピンボール』から数年後、村上龍や村上春樹の次の世代と言うべき作家たちが登場します。今日でも一線で活躍を続ける、伊井直行・島田雅彦・山田詠美といった一九五〇～六〇年代生まれの小説家たちです。

なかでも島田雅彦は、東京外国語大学在学中の一九八三（昭和五十八）年に『優しいサヨクのための嬉遊曲』でデビュー、そのまま同年の芥川賞候補に選ばれました。さまざまな年長の作家・批評家あるいは編集者に期待を寄せられ、メディアへの露出も同時代のなかでは圧倒的に多く、それだけの実力も兼ね備えた彼の作品を、芥川賞の選評で、大江健三郎は次のように評しています。

村上春樹がアメリカの現代小説の「話法」をみちびいて仕事をつづけているように、この若い作家はたくみにあやつることのできる当の「話法」（ロシア・フォルマリズムと呼ばれる二十世紀ソヴィエトの文学理論に基づいた記述方法　引用者注）で、次つぎに軽やかな戦慄をあじあわせてくれるかもしれない。

どこか「村上春樹の影」が感じられもしますが、「作者の「サヨク」の日常的観察には、軽薄なようでいて（…）田中康夫には欠けていた、自前の認識力の芽をかいま見せるものがあろう」「よく観察し構想して、書きつづけてもらいたい。この人の場合、一九二〇年代のソヴィエト・ロシアをさらに勉強することが、いつまでも涸れぬ栄養源となろう」と続くくだりと併せ読めばいっそう、大江さんがその新人に強い期待と評価を示していたことがよくわかります。そんな島田雅彦は、以後わずか四年間＝八回のうち、五度（初回を入れれば六度）芥川賞の候補になり、そのことごとくに落とされ続けました。

じつはこの時期、というか島田雅彦が候補にあがった回は、やたらに「受賞作なし」が多いのです。二〇〇九（平成二十二）年まで百四十二回の芥川賞のうち受賞作なしは二十八回、割合にして一割九分七厘ですが（逆に、二作同時受賞だったのが三十四回）、島田雅彦が候補になった六回のうち、じつに五回が「受賞作なし」。

彼自身しばしば冗談めかして「俺に受賞させたくなかったんだよ」と言いますが、あながちそれも間違いでないかもと思える高率です。彼同様、たびたび候補に挙がりつつ受賞しなかった作家には、候補六回の阿部昭(2)・多田尋子(2)・なだいなだ(3)・増田みず子(3)、候補五回の川上宗薫(1)・佐江衆一(2)・佐川光晴(0)・佐藤泰志(3)・村上政彦(0)・森内俊雄(1)・山田智彦(2)らがいて、本人たちが受賞していないぶん、受賞した作家の平均値よりは「受賞作なし経験割合」が高くなって当然なのですが（氏名の後の数字は、候補となった選考が「受賞作なし」だった回数）、それでもなだいなだの六回中三回、佐藤泰志の五回中三回「受賞作なし」が目立つ程度。あとは二回に一回以上はちゃんと受賞作が出ていますから、島田雅彦の「受賞作なし率」八割三分三厘は、黄金期のジャイアンツかライオンズなみの独走態勢です。

「受賞させたくなかった」意図がどこかにあったかはともかく、前後の時期に受賞している他の作家や作品と比較しても、泉鏡花文学賞・伊藤整文学賞・芸術選奨文部科学大臣賞といった受賞歴を見ても、なによりデビュー以来一貫して与えられている評価を踏まえても、島田雅彦もまた、村上春樹と同様に『芥川賞はなぜ与えられなかったか』が興味深い小説家のひとりです。詳細に推論してゆくことは、紙幅を考えてもいまは断念せざるを得ませんが、芥川賞という賞の特徴とあわせてひとつ短く言えるのは、それが「新人賞」であることが、とりわけある時期（以降）に授賞基準を見えづらくさせた理由であり、島田雅彦に授賞しなかったこととおそらくはかかわっている、ということです。

「はじめに」でも触れたように、たとえばプロ野球の新人王であれば「支配下選手に登録されて五年以内、投球イニング数三十か打席数六十以内」という規定があって、誰が対象で誰が対象でないかは、はっきりと線引きすることができます。けれども芥川賞やそれに近い三島由紀夫賞・野間文芸新人賞などの場合、どこからどこまでが「新人」か、何をもって決めるのか、明確な線引きは公表されていません。慣習的には、だいたいデビューから十年、候補となった回数が六回までとか（これまで七回候補になったひとはいません）、芥川賞をもらうとあとのふたつの賞の対象からは外れる等と言われていますが、それとて明示されてはいないのです。

その結果、六回目が近い作家を候補に選ぶのには慎重になることや、何度も候補になって嘱望されていた作家があるとき急に選ばれなくなることもしばしばありますし、逆に、芥川賞を受賞すると「新人」扱いされなくなるぶん、「デビュー十年目で単行本も十冊、野間文芸新人賞と三島由紀夫賞受賞歴あり」の〝新人〟と、「デビュー二年目で単行本もまだ二冊、けれども芥川賞受賞」の〝非・新人〟がいたりするわけです。

そんなことはもちろん作品の本質的な評価にはなんの関係もない、たんなる業界話のようなものです。が、島田雅彦に芥川賞の与えられなかった理由にはそんな風習が例外的に（そして無意識のうちに）かかわっていたかもしれません。

島田雅彦の初期作品は、代表作のひとつ『僕は模造人間』（第九三回芥川賞候補作）をはじめ、どれも「青二才」をモチーフにしていました。どことなく生意気で、社会や大人たちに斜に構えたことばかり言い、しかしそのことが魅力であるような登場人物たちです。みなさんの身辺にも思い当たる人物がいるかもしれませんが、島田雅彦自身もそんなキャラクターで、芥川賞候補になった彼の小説はどれも、「青二才である作家が、魅力的な青二才を描いた」作品であったわけです。

ところが、ここに落とし穴がありました。人間で考えてみるとわかりやすいですが、「青二才の新人」はおもしろく愛されても、「青二才気分のままの中堅」にはあまり魅力がありません。というか、かえって扱いづらい。同じように「青二才の小説」も、その魅力を損なわないためには、「新人の作品」であるほうがよいわけです。「新人」の定義が「五年目以内」とか「五作目まで」とかと決まっていれば、いずれ自動的に「非・新人」扱いになりますから余計なことに悩まなくていいのですが、そこに基準がないがゆえに難しい。目の前の「青二才小説」に芥川賞を与えてしまうことは、「青二才」を権威化するのみならず、作者とその作品から「新人」としての賞味期限を奪ってしまうことになる……いっそ賞など与えずに、いつまでも「新人」のままでいさせるべきではないか？

実際の選考委員たちの内心は忖度できませんし、仮にそんなふうに考えたひとがいたとして、それが親切心なのか、それともちょっとした意地悪や悪戯心を正当化するための口実なのかも微妙ですが、とにもかくにも「受賞作なし」である以上、『僕は模造人間』をはじめとする島田雅彦の候補作たちが相対評価で他作品に劣っていたのではなく、なにか作品あるいは作家そのものに「落選させ続けなければならない」理由があったことはたしかでしょう。ならば単に「受賞させたくなかった」と捉えるより、「作品性を尊重した結果、必然として受賞させなかったのだ」と捉える方が、夢がある気がしませんか。ねえ、島田さん？

芥川賞における女性の位置

そんな島田作品の功績もあってかどうか、全二十回のうち半数近い九回が「受賞作なし」だった一九八〇年代を過ぎて九〇年代、芥川賞は前の十年とは逆に、次々と受賞作品を誕生させましたが、いまから思えばその間に、日本の小説をめぐる内外の状況も大きく変化していました。

直前の八〇年代、村上春樹を筆頭に島田雅彦・高橋源一郎・山田詠美・吉本ばなな（現・よしもとばなな）と、実力・人気ともにあきらかに水準を大きく上まわった書き手たちにことごとく授賞しそこねた（詩人でもあり発表した作品の多くが分量的に芥川賞にそぐわなかった高橋源一郎はともかく）芥川賞は、その山田詠美をはじめ、向田邦子・青島幸男・つかこうへい・村松友視・胡桃沢耕史・連城三紀彦・林真理子・ねじめ正一……と、次々と人気受賞作家を生み出してきた直木賞の前でどうにも影が薄く見えます。「作家」というとき、正統に漱石や芥川ら〝近代文学〟の系譜を継ぐ純文学作家ではなく、大衆小説系の書き手ばかり思い浮かべられがちな今日の状況も、たんに後者のストーリー・テリングの巧さばかりでなく、この時代に端を発するとも言えるでしょう。

浅田彰や中沢新一らの登場によって現代思想や批評が盛り上がった「ニュー・アカ（ニュー・アカデミズム）」ブームのおかげで、一部がそれらとよくつながっていた「純文学」の存在感は変わらず大きくも見えましたが、大量生産・大量消費の「マス・メディア」であることが「小説」の産業としての前提となってゆくなかで、テレビの隆盛と石原慎太郎や村上龍の受賞によって大きく広がったはずのパイを育てきれなかったのがこの時代なのだ、とも言えます（とはいえ、いまなら『太陽の季節』は、芥川賞というより直木賞にふさわしいストーリーですが。というかそもそも、二十歳そこそこの若者が薬など用いて強姦同然に関係を結んだ女があとから惚れる、なんて筋立ては、〝非実在青少年〟よりもよほど有害図書な気もします）。

一九八七（昭和六十二）年には、「五十六年上期（八五回）から今回の九十六回まで最近十二回のうち、受賞作なしは半数以上の七回を数える」状況を受けて読売新聞が「厳しすぎぬか芥川賞」なる記事（二月十九日東京版夕刊）を掲載、「「新人賞」である以上、もう少し門戸を広げる論議が起こってもよいように思われる」と問題提起しつつ、「座談会「芥川賞委員はこう考える」を特集して、芥川賞の〝振興〟の旗を振った。今回の選考では従来の〇×式から、各作品につき選考委員全員が時間をかけて意見を述べる選考に切り替えた」という、文藝春秋と雑誌「文學界」の紹介をしています。

こうした流れを受けて九〇年代の芥川賞は、ほぼ毎回のように受賞作を生んできました。辻原登・小川洋子・多和田葉子・奥泉光・笙野頼子・保坂和志・川上弘美・柳美里・辻仁成・藤沢周・平野啓一郎といった現在でも一線で活躍する作家たちがそこで選ばれていますが、特筆すべきは、すぐれた女性作家たちが次々と認められていったことでしょう。

本書ではここまで触れていませんでしたが、じつは一九三五（昭和十）年の創設から半世紀以上、芥川賞の選考委員は男性だけで占められていました。池澤夏樹・石原慎太郎・小川洋子・川上弘美・黒井千次・髙樹のぶ子・宮本輝・村上龍・山田詠美と、九人の選考委員中四人を女性が占め、なおかつ作家として現役感のある委員を数えればあきらかに女性の方が多い現在からは想像もつかない気がしますが、一九八六（昭和六十一）年四月に施行された通称「男女雇用機会均等法（当時の正式名称＝雇用の分野における男女の均等な機会及び待遇の確保等女子労働者の福祉の増進に関する法律）」を経てようやく、大庭みな子・河野多惠子のふたりの女性の選考委員が誕生したのでした（このとき、直木賞の選考委員にも、田辺聖子・平岩弓枝のふたりが初めて加わっています）。

いまでもよく「文壇は男社会《ホモ・ソーシャル》だ」などと言われますし（文壇、なんてものがほんとうにあるのかどうかはともかく）、実際、シンポジウムや講演の打ち上げ、あれこれの授賞式の二次会や、単にプライベートな集まりなどで酒場などに行けば男ばかりで盛り上がっている光景は確かによく見られ、そのことで女性の作家や書評家（なぜか、「女性の批評家」はこれまでもいまもごくごく少数しかおらず、そのことが批評というジャンルあるいは「批評」そのものの長く抱える問題なのですが、それはともかく）から怒られたり揶揄されることもしばしばあります。けれども、それにかかわっている人間の男女比や、個々の書き手のメンタリティや趣味判断とは違い、もっと制度的に「男しかいなかった」のが、一九八六（昭和六十一）年までの芥川・直木賞でした。

遡ってみると、最初の女性の芥川賞受賞者は、一九三八（昭和十三）年下半期の第八回に、『乗合馬車』『日光室』で受賞した中里恒子でしたが、授賞に際して選考委員のひとり川端康成は「かういふ刺戟の強くない、賞むきでない作家、初めての女流作家の受賞は、喜ぶに足るだろうか。『乗合馬車』一聯の作品、長い間この材料を扱つてきた作品は、柔かく細かい花である」と、なんとも微妙な感想を記しています。当時事務局を務めていた永井龍男は、「中里氏の受賞で、翌日はたと当惑した一事がある。両賞の正賞たる懐中時計は、いつも数個ずつ金庫に予備されていたが、その中に女持ちの時計が一個もないということであった。云ってしまえば他愛のない話で、京橋やら銀座辺りの時計店を廻る役目は、佐佐木氏（もと小説家で、文藝春秋社の中心人物として菊池寛とともに芥川・直木賞を創設した佐佐木茂索。第一回から第十六回までの芥川・直木両賞の選考委員も務めた。引用者注）といつも同行したが、二人とも女性の受賞には、それまで少しも思い及ばなかったと云うことは、まことに不用意というべきであった」と、『回想の芥川・直木賞』のなかで書いていました。

なにもこの回の中里恒子がはじめての女性候補者というわけでなく、二年半前の第三回から五人（中里が六人目）の女性が候補に名を連ねていたのに、選考の中心を担っていた永井・佐佐木の二人ともが「女性の受賞には、それまで少しも思い及ばなかった」というのですから、選考会の雰囲気も推し量れようというものです。

選考に女性の作家が加わったことは、新聞各紙でも大きく取り上げられました。同年五月二十五日の「中日新聞」は第二社会面で「近年、女性の社会進出が目立つなか、文壇でも女性作家が活躍しており、今度初めて各二人の女性選考委員を迎えることになった。（…）最近の八年間の受賞者は男性が四人なのに対して女性は七人で、女性優位が続いていた」と報じ、毎日新聞は「とくに女性を、と考えたわけではなく、文学的キャリアからみて当然の選任」という主催者側の談話を載せつつも「両賞への女性新人作家の進出など文学における「女性の時代」に応じての選任とみられている」と書いています。

そんななか、大庭みな子と河野多恵子、当のふたりの女性選考委員はというと、同年七月号の「文學界」で「文学を害するもの」という対談をしていました。あきらかに就任が契機の対談ながら、「世の中の変革期とか建設期にはいろいろなことが気になってみなが情報を求めるようになる（…）だから、それにこたえるような文学が盛んになってくる。文学を読みたくって読むんじゃなくて、情報で読んでるという人がワーッと出てくる。そうすると、おのずからそれに迎合するような作家が出てくる」という大正期の詩人・日夏耿之介の言葉を現代にもあてはまると熱弁したり（河野）、「華やかにけなして華やかに褒めるということは、両方ともかなり勇気がいるんです。（…）褒めているのかけなしているのかわからないようなのは安全かもしれませんけど、それじゃ全然おもしろくない」といって江藤淳を「ちゃんと肝が座ってらっしゃいますよ。悲劇的な感じがするくらいです」とからかいつつ褒めたり（大庭）……と、芥川賞とまるで関係ない話で盛り上がり、最後の二頁あたりでようやく選考委員就任の話になるところに、「女性作家」である前に「作家」なのだという彼女たちの強い意志と意識が窺えますが（そして今日でも、誇るべき一定数の女性の作家は同様の態度を貫き「女流作家」なる枠組に異を唱えていて、それはまったくもって正しいはずです）、とはいえ長年の男社会《ホモ・ソーシャル》の慣習を打破した彼女たちは、それぞれ次のように語ります。

大庭　（…）読み方が違うと思うんです。それこそ、感性のあり方が違いますからね。女にとっては当然だみたいなことを、男の方から見れば非常にフレッシュにお思いになることもおありでしょうし、それと反対のことはこっちからも言えますからね。

河野　言えます。だとすれば、男性だけの選考委員の方たちに選出された私どもは、買い被られて出たのではないかと……（笑）。

いかにも読者の期待しそうなことを言い合う右のくだりの前に大庭みな子は、「長らく持たなかった者たちが、そういう場を得れば、ちょうど子供が、大人から見ると驚嘆すべき生命力で育っていくように、女性が今伸びている時期なんですよね。だから、表現の一つの大きな場である文学において、女性のほうが多くなってくるというのは私は当然だと思うんです」と語っていて、彼女たちは事実そこから十年の選考で十人の女性芥川賞作家（同じ期間に男性は十四人）を送り出してゆくのですが、特筆すべきは人数や割合ではなく、そこに李良枝・小川洋子・多和田葉子・笙野頼子・川上弘美らが含まれていることで、九〇年代の芥川賞は、あきらかに「すぐれた女性の作家たちの時代」でした。

大庭みな子が選考から退いたあとも、河野多恵子はさらに十年選考に携わり、金原ひとみ・綿矢りさ・絲山秋子ら女性作家に賞を与えてゆくことになります。彼女が二〇〇六（平成十八）年いっぱいで委員を辞したあとは、大庭みな子とふたりで背中を押した小川洋子や川上弘美が（必ずしも、彼女たちがこのふたりを一番に推したわけではありませんでしたが）選考に就き、先に選者となっていた山田詠美らとともに、川上未映子を筆頭に新しい書き手たちを送り出してゆくことになります。

文学の「不振」

ところで、大庭みな子と河野多惠子の右対談には、前に引用した「情報で読む」傾向への批判に続くトピックに、「文学の不振」がありました。河野多惠子がそう話すのは一九八七（昭和六十二）年、今から四半世紀近く昔ですが、それ以降今日に至るまで、「文学が不振」でなかった時期はたぶん一度もありません。スポーツ選手でも、一定期間打てなかったり勝てなかったりするのは「不振」ですが、あんまり「不振」が長引くと、トレードされたり引退したりするわけです。四半世紀近く「不振」が続いている「文学」は、はたして大丈夫なのでしょうか。

正確に言えば、文学が（少なくとも「小説」が）それなりに読まれたり盛りあがったりしたことは、さきごろの『1Q84』の騒ぎも含め、個別で見れば何回もありました。そもそもこの対談の数カ月後には村上春樹『ノルウェイの森』が刊行されていますし、いまだって東野圭吾が年間で計六百万部も売れ（個人の貸し借りや図書館などを数えれば、読まれた部数はもっと多くなるはずです）、書店にも、小説の新刊が変わらず日々届いていますから、それらを「文学」と呼ぶかどうかにこだわらなければ、それなりに不振でなく見えたってよいはずです。にもかかわらず、当時もそしていまも「文学は不振」なのだとしばしば言われるわけです。

それが「売れ行き」の話かというと、必ずしもそうではありません。たとえば大正末期から昭和初期の詩人で童話作家の宮澤賢治の、生前に刊行した二冊の本（詩集『春と修羅』と、童話集『注文の多い料理店』）が、どちらも千部ほどの自費出版で、実際に売れた数はさらに少なかったことはよく知られています。太宰治は一九四一（昭和十六）年のエッセイ「「晩年」と「女生徒」」で、「「晩年」は、昭和十一年の六月に出たのであるから、それから五箇年間に、千五百冊売れたわけである。（…）五箇年間に千五百部といへば、一箇月間に十万部も売れる評判小説にくらべて、いかにも見すぼらしく貧寒の感じがするけれど、一日に一冊づつ売れたといふと、まんざらでもない」と書きました。

『春と修羅』と『注文の多い料理店』、『晩年』と『女生徒』、いずれも長く読まれ続けて、今日なお書店で売られていますから、作品がひとびとに愛されて読まれ続けることは、けっしてその短期的な「売れ行き」とは関係ありませんし、新潮文庫の発行部数ベスト2である夏目漱石の『こころ』や太宰の『人間失格』は、一九五二（昭和二十七）年に刊行されてから二〇〇五（平成十七）年までで、それぞれ六百万部以上読まれています。岩波文庫の発行部数第二位である漱石の『坊っちゃん』も二〇〇六年までに百四十万部近くが売れていますから（ちなみに第一位はプラトンの書いた『ソクラテスの弁明・クリトン』だそうで、ちょっとびっくりですね）、長期的な「売れ行き」は、月々の「ベストセラー」とは違ったかたちで訪れます。五章で触れた「円本」や石原慎太郎・村上龍のように、なにかの理由で爆発的に売れることや、その影響で特定の書き手が知名度を上げ、その後も広く読まれてゆくことはありますが、それだってそんなに長く続くものでもないことは、ここまで見てきた通りです。「不振」かそうでないかは、やはり「売れ行き」で決まるものでは（少なくとも、それだけで決まるものでは）ありません。

ならば、なにをもって「不振」の実感が生じるのでしょう。いちばん大きいのは、文学（小説）自体の変化より、それをとりまく環境です。男女雇用機会均等法の施行に至る社会の流れが、大庭みな子の言う「表現の一つの大きな場である文学において、女性のほうが多くなってくる」状況を作ったように、文学（小説）をめぐる環境は、本書でも見てきた百二十年のあいだに大きく変わりました。

夏目漱石や森鷗外たちの世代がそうであったような国の成立や発展を牽引する役割から、エンターテインメントの花形としての時代やそこから政治的な目的に転用される時代、可能性をつきつめて実験性が問われる時代などを経て、ほかのジャンルと競合あるいは接合してサブ・カテゴリーのひとつとなる……といった変化のなかで、過去に文学（小説）が占めていた役割そのままを期待すれば、ある時期以降ずっと「期待外れ」と感じられておかしくありません。

そもそも、時間のフィルターを通してなお残っている過去の作品たちと、玉石混淆で同時代的に生まれつつあるものたちとでは、選別して研磨した宝石と純度や真贋も未だ定まらぬ掘り出されたばかりの原石ぐらい、条件が違っています。それらが同じ書店の同じ本棚に並んでいれば、「近年のものは不振」に見えるのも当然です（だからこそ大庭みな子は対談で、書店にきちんと残る「二十年ぐらい前のものを買って読んでたほうがいいかもわからない」と言っていて、『風の歌を聴け』の前後の芥川賞（候補）作品を読み返すと、いまでも新刊書店で買って読むことができる『父が消えた』や『限りなく透明に近いブルー』と、古本屋でもみつからない『モッキングバードのいる町』や『羽ばたき』との質的な違いは、たしかにあまりにあきらかです）。

ならば、環境の変化だけが「不振」の実感とともにあり、「文学（小説）」それ自体は変わらず好調、未来は可能性に満ちているのでしょうか……というと、残念ながら（誰にとって、という問いはいまは保留しておいてください）、多分そんなことはありません。

もちろん、『風の歌を聴け』や『一九七三年のピンボール』からの三十年、あるいは河野・大庭対談からの四半世紀のあいだにも、過去の「名作」たちに劣らず「文学的に」すぐれた作品は少なからず生まれてきました。村上春樹の『世界の終りとハードボイルド・ワンダーランド』や『ねじまき鳥クロニクル』をはじめ、大江健三郎の『おかしな二人組』三部作や古井由吉『仮往生伝試文』や『白暗淵《しろわだ》』、金井美恵子の『噂の娘』、松浦理英子『ナチュラル・ウーマン』『犬身』に川上弘美の『真鶴』、島田雅彦『彼岸先生』『悪貨』に奥泉光『石の来歴』、多和田葉子『容疑者の夜行列車』と阿部和重『シンセミア』、川上未映子『わたくし率 イン 歯ー、または世界』『ヘヴン』、古川日出男『聖家族』と鹿島田真希『白バラ四姉妹殺人事件』に平野啓一郎『決壊』、そして東浩紀『クォンタム・ファミリーズ』……と、個人的な好みも含めて思いつくまま列記してみてもいくらでも挙げることができますし、そうした作品は（少なくともいま名前を挙げたひとたちが元気で書き続けるかぎりは）今後も生まれてゆくでしょう。しかし、それらの小説と社会との関係は、全体的な傾向だけで言えば（これも、個別に見ればそうでないものも含まれていますが）、残念な感じに薄くなりつつあります。それも、この十年かもうちょっとのあいだ、いっそうしょんぼりな感じに、です。

村上春樹『1Q84』のように、爆発的に売れた（読まれた）ものも、もちろん一部にはありますが、多く読まれるものはたいていは東野圭吾や伊坂幸太郎のようなミステリーだったりエンターテインメントだったりします。それら良質のエンターテインメントはよくても、ためいきが出るほど文章の下手な他業種のひとが書いた文学パロディや自己啓発を物語じたてにした作品が（それなりにおもしろいものもあるのですが、結局それらは「ウンチクを入れる器を小説っぽくしたもの」や「絵が描けないから文字で書かれた『マンガ日本の歴史』」みたいなもので、だったら素直にすぐれた蘊蓄本やコミック読めば？という気はします）読まれる一方で、かつてだったら短期的な「売れ行き」とは関係なく作品の価値を信じて（あるいは、十何点か何十点かのうちひとつが、強くひとの心を打つ名作になることに賭けて）刊行されてきた新人小説家たちの数千部単位の作品が、どんどん本にならなくなってきています。電子書籍が普及して、出版点数がどんどん多くなれば、それらの作品も、あるいは前記した書き手たちの作品も、どんどん供給はされるでしょうが、全体の「小説」の数が増えたとき、自分にとってほんとうにおもしろい小説、あるいは想像もしない「小説のおもしろさ」に出会う確率は、反比例して減ってゆきます。作品単体がどれだけ「好調」でも、それが「読まれる」瞬間、テキストと読み手との間で「小説」が成立する瞬間（「小説を読む」という体験がなされる瞬間）は、偶然や流行、単純でよくある〝共感〟に回収されていってしまう。いったいそれは、文学（小説）にとってどんな「不振」――こんどこそ「解雇」されたりトレードに出されるかもしれない（すでに出されているのに気付かないだけかもしれない）危機的な不振――なのでしょうか。そうして、不振ではない文学（小説）とはどんなものなのでしょう？

小説とは何か

不振ではない文学（小説）を考えるには、文学（小説）の定義が必要ですが、「そもそも小説とはなにか、文学とはなにか」というテーマに踏み込むと、筆者ひとりのなかでも議論紛糾、話が長くなりすぎますから、ここでは手短にまとめます。

小説を単に「お話」だと思って読めば、それは「物語」を伝える他の様々なメディア──叙事詩・叙情詩や講談から、昔話や童話、映画やドラマ、コミックやアニメーションやゲーム等々……とたいして違いません。たとえば「むかしむかし、あるところに、おじいさんとおばあさんがいました」で始まって、ドンブラコッコと桃が流れ着いて子供が出てきて、すくすく育って「ぼくが鬼を退治してきましょう」と言い、犬猿雉をスカウトして鬼を倒して帰ってくる、という「桃太郎」のお話は、昔話や童話としてはもちろん、3D技術を駆使した映画にすることも、連続テレビドラマにすることもできますし、『北斗の拳』で知られる原哲夫が作画してコミックにすることも、スタジオジブリでアニメにすることもできます。ゲームソフト・メーカーのコーエーが「三国志」をいつのまにか対戦格闘ゲームにしたように、桃太郎たちが戦闘機に乗ってすごい勢いで弾幕を張るシューティング・ゲームにすることもできるでしょう。そのどれであっても、大筋としての「物語」は、そうは変えずに載せることができる。

けれども、そこに登場する「犬」一匹とっても、映画やドラマで犬を撮るのと、コミックやアニメーションが犬を描くのと、小説の言葉で「犬」を描写するのとでは、それを受容するときに私（たち）に届く情報や、並行して処理する要素、そこから反映的に再―認識／再―構成される「私」がまるで違ってきます。

たとえば、実写映像で「犬」を見ることは、その映画なりドラマなりの物語やそこで犬の果たす役割とは別に、「撮られている犬そのもの」を見る経験でもあります。そのとき、犬の表情やしぐさ、毛並みや動きは、映像の物語に従属しながらも同時に独立してもいる。彼（彼女）は、まさに俳優＝演ずるものとしてそこに存在しているのであって、私（たち）はその姿を、物語の内側と外側、ふたつの階層で同時に「観る」わけです。

コミックやアニメーションの「犬」は、すでに「記号化」されています（描かれ方の密度や動きの有無が違うふたつをひとまとめにするのは乱暴ですが、ここでは便宜的にそうします）。「記号化」とか言うと、なんか難しげですが、ようは、コミックやアニメーションにどんな犬が描かれていたとしても、それは「犬」ではなくて、「その映像内で〝犬〟とされているもの／〝犬〟という概念で把握されてほしいもの」です。絵の巧拙にかかわらず、そこにいる（というか、ある）のは、ほんとうにそれが道を歩いていたら思わず引くような、たとえば「フランダースの犬」のパトラッシュとか「忍者ハットリくん」の獅子丸、あるいは押井守『イノセンス』の主人公が飼っていたリアルなそれであっても、実際に私たちが知っている「犬」と見比べれば、毛の一本も生えていないつるつるした「なにか」（そもそも平面なのだから当然ですが）、たとえば犬というよりライオンに近いなにか、とかなわけです。それを「犬」だと認識できるのは、観る側がそれぞれ補助線──それはときに「犬とされているもの」と自分が知っている「犬」との、単純に映像的な置き換えである場合もあれば、他のコミックやアニメーションを見た体験や知識との接合である場合もあるでしょう──を、意識的・無意識的にかかわらず引いているからで（「n次創作」と言われる行為がこのジャンルにとくに多い理由のひとつも、観る時点ですでに彼／彼女らがそうした補正／補完を行うことに慣れていることにあると言ってよいはずです）、それは同時に、私たちが「犬」という概念をどのようなものとして日頃捉えているかを、考えさせてもくれます。

対して、小説の「犬」、つまり純粋に文字記号（言語）で「犬」を描く（読む）ことは、そのどちらとも違っています。それは、描写する側（書き手）に、「その犬の細部の要素を比喩も含めてどう記述するか」を、絵で描くのとはまったく違うしかたで求めるとともに、読む側にも、動画や絵とはずいぶん違う認識方法を求めます。

「犬」という文字のどこを見ても、私たちがよく知っているあの生き物が持っている要素はまったく含まれていません（仮にそれが「山」のように象形が由来の文字であっても、そんなカタチをした山はどこにもありませんから、事実としては同じことです）。それはただ、「犬」ではないし「猫」でもないし「人」でもない……と、「犬」以外のすべての可能性を排除した結果、ワンワン吠えるあの生き物が残る、という消去法的「記号」です（その点が、同じ「記号」でも絵とは決定的に違っています）。

「犬」と書かれた文字を見るとき、その記号から与えられるのはそうした「～ではない」という消去情報だけですから、「じゃあ、そうやって残ったアレがどういう性質を持っているか」については、目の前の「犬」という記号以外のところから拾ってくることになります。ひとつには、その前後に書かれた「犬」以外の記述（たとえば「熊のような」といった比喩や、「毛がふさふさとした」などの修辞描写）に依存する。あるいは、目の前の「犬」という文字を読んでいる私（たち）が脳内にすでに持っている「犬」一般についての概念や、自分がこれまで見たり触ったりした個別の犬の記憶、他の小説や辞書や新聞記事などで読んだ経験……等々と接続して、いま目の前に書かれている「犬」を理解したり、画像的《グラフィカル》に想像したりしながら、「犬」も含めたその小説の物語《ストーリー》を吸収してゆくわけです。

こうした無意識の作業は、もちろん小説に限らず、みなさんがいままさに読んでいる本書の文章に対しても、またそのなかで何度も出てきた「犬」という文字についても行われています。ですが、むろん、誰であってもそれをいちいち「いま自分はこんなふうに、この「犬」という文字を読んでいる」などと考えながら読んでいるわけではないですよね。こういうことを書いている筆者だって、そんな面倒なことを日々いちいち考えているわけではありません。右のようなイメージや記憶の再生システムは、私たちが育つ過程でほぼ自然にインストールされて、(たとえばマウスをクリックするとどういう電子回路が機能してそのボタンが押せるのか、などといちいち考えたりしないでメールソフトで手紙を書いたりWEBサイトを閲覧したりするように) ふだん私たちはすらすらと小説を読み、そこに書かれている物語を楽しんだり、描写されている情景や心情を受け止めたりしています。

そうやって得られるイメージのうちのひとつである「物語」を、映画やドラマ、コミックやアニメーションやゲームのそれと、とりたてて区別しないで楽しむことも、もちろんできるし、しています。それぞれはどれが優越しているということはなく、享受(受容)の方法がただ違うものであって、そのなかの共通点だけを見ることも可能ですし、違いを理由に「コミックは好きだけれど小説はちょっと……」というひとがいることももちろん自由です。

ただ、ひとつだけ私たち全員に共通しているのは、「思考」が基本的には「言葉」で構成されていることです。

もちろん、私たちには視覚・聴覚・触覚・味覚・嗅覚の「五感」があり、それらは視細胞・

嗅細胞など身体の「受容体」と呼ばれるパーツが外界の情報を受けとることで機能していますから、私たちは言葉以前のところでそれらを「感じて」います。言葉が成立する以前にも人間はいた（あるいはほかの生き物がいる）ように、正確に言えば、「言葉」以前のところに感覚も意識も存在します（ときに「クオリア」と呼ばれるものをイメージしてもらってもよいでしょう）。

しかし、「思考」するには、その「感じ」をいちど「言葉」に変換しなくてはなりません。原油をガソリンに精製しないと車が走れないように、ちょっと前までの写真が撮影済のフィルムを現像（と印画紙に焼き付け）しないと見ることができなかったように、考えたり認識したりするために感覚を変換するフォーマットが、「言葉」です。

だから、映画やドラマ、コミックやアニメーション等で得られる「物語」も、私たちの意識や記憶に収納されるときには、やはり「言葉」に変換されます。だとすると「小説」は、物語を収める器として、あるいはその物語について思考しようとするとき、「いちばん思考との距離が近いメディア」だということになります。パーソナル・コンピュータで言えば、Windowsなどが表示するＧＵＩ（グラフィカル・ユーザー・インターフェイス）経由で操作するより、ショートカット・キーを使って入力するほうが近く、直接コンピュータ・チップに命令できる機械語がさらに近いように、私たちの「思考」には「言葉」がいちばん近い。なにしろ、最初から「言葉」で書かれているわけですから、フォーマットを変換しないで、そのまま脳（思考）にダイレクトに入ってゆくことができます。ある意味、薬物のようなものと言えばよいかもしれません。

ここで大事なのは、「近い」ということが、つねに「わかりやすい」ことや「楽しい」ことを指すものではない、ということです。「百聞は一見にしかず」「習うより慣れよ」という諺もある通り、感覚的「体験」の手段としては、「言語化する」よりも「しない」ほうがスムーズな場合がほとんどです。先に挙げたコミックやアニメーションの例のように、その抽象ぐあいが各自の好きな補助線を引くことに（言語だけのメディアに比べて）むいていて、それぞれの経験や知識にあわせた受容が進む場合もあります（そのぶん特定の補助線の共有もしやすい／しがちになるため、それらのメディアはある趣味傾向を持ったひとたちとそうでないひとたちとの間に温度差が生じやすいのも事実です。昔と比べてずいぶん低くなりましたが、「オタク」と「非オタク」とのあいだに壁が感じられていた——とりわけ後者から前者を見るとなんとも理解しがたく、前者も後者に理解されようと欲しないことで、「キモい」といった差別的な反応が多くありました——のも、特定の補助線を持つか持たないかが他のジャンルより受容を大きく左右するという特性による、と言える部分があるはずです）。

対して「小説（とりわけ「文学的」な小説）」というメディアの特徴のひとつは、出来事や物語以外に、主人公をはじめとする登場人物たちの思考や感覚（登場人物たちの考えていること、思ったことはもちろん、たとえばある風景がどう「見えた」か、なども含みます。詩人のそれに近いですが）が主に描かれるところにあります。

そのような、「他人（他者）の思考や感覚」こそは、私たちにとっていちばん「わかりづらい」ものです。状況や態度、表情などの情報からあれこれ想像したうえで、会話などによって確かめようとするけれど、確かめるために使う言葉の意味の定義じたいがおたがい食い違っていたりして、伝わっているのかどうなのかすら定かではない。だから、思考や感覚を描く割合が高いしそれにいちばん向いている「小説（文学）」は、映画やドラマ、アニメやゲームなどと比べて、ある意味最初から「やっかいなもの」かもしれません。同じ「小説」と呼ばれるものでも、エンターテインメントの作品のほうが、そこで描かれる出来事にせよ思考や感覚にせよ、読者のあらかじめ持っている補助線（常識とか「あるある」感とか）を用いる割合が大きく、また扱うぶん、「わかりやすい」とか「おもしろい」と感じる可能性も高いでしょう。また、他人の思考にあまり興味がないひとや、「自分」を疑う習慣をよしとしないひとたちにとっては、ある意味うっとうしいだけのメディアかもしれません。

その意味では、小説（文学）はたまたまそのときどきに「不振」なのではなくて、あらかじめ、そしていつだって「不振」なのですし（そうでない時期が例外的にあるにせよ）、「不振」でしかありえないことの理由にこそ、小説（文学）の存在意義があるのだ、と言ってもよいでしょう。

三島由紀夫賞作家の星野智幸は二〇一〇年、ひとびとがみな同じ「俺」になってしまう小説『俺俺』を発表しました。姿形や年齢は（ときに性別すらも）違っているのに、相手を見ると「こいつは俺だ」と感じてしまう主人公たちを描いた小説で、周囲もこの「俺」と別の「俺」の違いが見分けられなくなってしまう話です。なんでも自分との共通点をみつけて安心したがる現代人への皮肉が効いた作品ですが、それは裏返しに「他人が（やはり）俺でない」ことを感じさせる作り方になっています。

作中、主人公は、てんで別人を見ているのに「そいつが俺であることが直感的にわかった」り、「見渡すかぎり、俺、俺、俺」だったりしますが、そんなものはもちろん言葉による錯誤。語り手が「今日は晴れた」といったら今日は晴れ、「こいつは俺だ」と言ったら読者にとってそいつは「俺」、という錯覚を利用して、「俺」でないものを「俺」だと言い聞かせているわけですが、読み進んでゆくと次第に、「じゃあ、俺と俺でない者の違いってなんだ？」という気持ちになってきます。それを知るためには、「俺以外」の者を知らなければならない。「俺以外」にとってたとえば「家族」はどんな存在か、この夕陽がどう見えるのか……日常ではあまり気にならないそうした「他人（他者）の思考や感覚」を伝えるのが、「文学（小説）」の役割のひとつなのです。

もちろんそうはいっても、読者である私たちにとって「小説を読む」こととはもちろん、一には〝書かれている物語を愉しむ〟行為です。かつて太宰治は、「一箇月間に十万部も売れる評判小説にくらべて、いかにも見すぼらしく貧寒の感じがする」と自分の千五百部を悩みましたが、そんな太宰が「貧寒」に耐えて書いた作品にも、十万部の評判小説に勝るとも劣らないおもしろさがありました（七十年が経過してみれば、当時の「評判小説」よりも太宰のそれがはるかに長く、そして多く愉しまれてきたことは確かです）。加えて、小説以外に、携帯や持ち帰りの容易な物語メディアが少なかった時代には、そのことが小説の「不振でない状況」を底上げしていたはずで、『ＡＬＷＡＹＳ　三丁目の夕日』の主人公・茶川竜之介が作品を連載し、着の身着のままでひきとられた淳之介少年がリュックサックに入れてボロボロになるまで愛読していた「冒険少年ブック」のような読みもの雑誌（集英社の「おもしろブック」や、秋田書店の「少年少女冒険王」など、マンガと小説とが二本柱になっていた雑誌たちが数多ありました）にもそれが象徴されていましたし、この国に限らず、近代小説の物語の多くが〝恥ずかしい〟父の乗り越えに象徴されるビルドゥングス・ロマンやその変形だと捉えることができるのも、私たちの〝愉しみ〟が「未来」や「冒険」そして「恋愛」といった、この先に手に入れたい／手に入れられるかもしれなかったものと結びついていたことも、読者たちが「小説」になにを求めていたか、の一端を表しています。

他方、本書では個々の作品を詳しく見てゆくことはしませんが、大雑把に「ライトノベル」と分類されるものの一定割合も含め、ある時期以降のこの国のコンテンツで「学園」を舞台にした作品が世代や年齢を問わず一定の層に好まれるようになってゆく姿は、ビルドゥングス・ロマンに代表される「階級上昇」のイメージが限界につきあたったこととおそらくは対応してもいます。そのことと、ある意味で浪漫主義的でもある「他者（他人）を理解しようとすること」という「近代」的な（批評家でマンガ原作者の大塚英志の言葉を借りれば）「努力目標」がぶつかるところに、おそらくは二十一世紀初頭のこの国の文化の現在があるのですが（その意味では、先に挙げた星野さんなどはきわめて「近代」的な書き手ですし、近年の東浩紀が着目する「アーキテクチャ」の問題設定や、精神分析医で批評家である斎藤環の『博士の奇妙な成熟　サブカルチャーと社会精神病理』などもそこにかかわってきます）、それはまた別の機会にお話しすることにしましょう。

けれどもここで戻っておきたいのは、そうした「なにを語るか」とは別に、「私たちの思考との距離がもっとも近い物語メディア」としての「小説」が、今日も、あるいは今日以降もなお、それ以外の手段では得られない驚きや感慨——具体ではいわく言いがたくとも、脳を直接ジャックされたような物語的経験——を与えてくれるだろうことで、本書のタイトルを見て買い（あるいは図書館で借りだしたり、書店で立ち読みしたり）、ここまで長く話につきあってくれたみなさんにも、きっとそんな一瞬の経験が過去にあるのではないだろうか……あるに違いない、あったらいいな、と筆者は願っています。

読者と作品のために

とはいえ、「わかりづらい」他人の思考や感覚を理解するための「わかりづらい」小説（文学）は、その作品（あるいは作家）に対する一定の信頼や期待がないと、そのおもしろさや魅力に辿り着くまで粘り強く読むのがなかなか難しいのもたしかです。「おもしろそうだな」とか「読んだらなにかが得られるかも」と思って読み始めた本に挫折した経験が、きっとみなさんにもあることでしょうし、筆者にももちろんたくさんあります。

先の河野多惠子との対談で大庭みな子は、「やたらにつまらないものがいっぱいあるから、どれがいいんだかわからなくなっているんじゃありません？」と言って、おもしろい作品を名指すことが大事なのだ、と言いました。私たちはたいてい、自分がこれまで読んで満足した作者の作品だからとか、同じ系統や同じテーマだから、新聞の書評で書かれていたから、友人が薦めてくれたからとか、ときには「売れているから」とか「イラストが好きだから」……とかの理由で小説（に限らず、自分たちが愉しむもの）を選びます。

よく考えてみると、好きだった作者が大失敗作を書くこともあるし、書評や友人だって誰が薦めたかで一八〇度違います。まして「売れている／いない」は作品の質や趣味が合う合わないを保証してくれたりなどしませんから（前章末でも書きましたが、話題になっているからと『1Q84』を読んで、「あれ？」と思ったひとも少なからずいらっしゃるでしょう）、私たちはどうやって「どれを読むか」を選べばよいのか。その手段のひとつとして、河野さんは「本当に徹底的に論じ合って、それがある評価とある場所で定着する」ことを挙げていますが、作家や批評家たちが「本当に徹底的に論じ合って」決めた評価は、なかなか小難しかったりする……なので、その「評価」のわかりやすいカタチのひとつとして、「文学賞」があるわけです。

「文壇」と呼ばれる文学業界にいたり、作家や批評家・編集者の知人や仲間たちと日々接して過ごしたり、大学の文学部の周辺にいると、ついつい「賞は授賞される作家のためにある」ように感じてしまいがちです。新聞やテレビで報じられる受賞の様子を、自分とは関係ないものとして「ふうん」と見ているひとたちも、同じように思うかもしれません。スポーツのMVPや国が与える勲章なども、基本は「もらうひとのため」（と、ときに授賞する側の権威づけのため）ですし、菊池寛が芥川・直木賞をつくった最初の理由も、半分は若い作家たちを顕彰するため、もう半分は「雑誌の宣伝」のためでしたから、それもあながちマチガイではないでしょう。しかし、それ以上に「文学賞」にとって大事なのは、「これが今年いちばんおもしろい作品（作家）」ですよと伝えて、信頼と期待を持ってその作品（作家）を読んでもらうことです。つまり文学賞は、第一に「読者のため」に、そして「作品のため」にあるものなのです。

――と書けば、本書があまりに当然なことをあらためて、しかも結末近くでなおわずらわしい回り道をしながら言っているように見えますが、そのように考えることは、いまあらためて大事になりつつあります。

いま話題となっている「電子出版」や「電子書籍」が普及した未来に、前節で書いたような「小説（文学）」の役目や姿がどう変わるかは、まだはっきりとはしません。けれども、従来型の「出版」のビジネス・モデルが困難に立ち向かってゆくであろうこと、今後の十年かもう少しのあいだ、「売れ行き」のよくない本を作ることは、これまでよりもさらに難しくなってゆくでしょう。その反面、携帯電話やインターネットの普及によって、私たちが「読む」ものは膨大に増え、電子書籍が普及することで（いまでもすでに、パソコンなどでは充分に読めるのですが）「青空文庫」のように著作権の切れた小説を読む機会や、これまで絶版だった本や小説がデータのかたちで再発売される機会は、どんどん増えてゆくはずです。それはとても大きな可能性であると同時に、「読む」ものの総量が多くなりすぎてしまうことでもある……先の対談のなかで河野多恵子と大庭みな子は、こんな発言もしています。

大庭 現代の人たちが、何を読んでいいかわからない、そういうことはあるかもわかりません。それこそ情報に殺されちゃって、何を読んでいいのかわからないという……。
河野 (…) 戦争の頃は、物理的には非常に本の少ない時代だし、(…) いいものをいいとして嗅ぎわけることができた時代だったでしょう。
大庭 今は、あのころに比べると何百倍、何千倍とものすごい量があるけれど……。
河野 残念ながら、きちっとしたものがきちっとならない。いい作品が書かれても、十分に論じられない。この手応えの薄さ。

自分たちの子供のころに比べていまは何百倍、何千倍もの本がある、と四半世紀前の彼女たちは嘆いていますが、今日の出版点数ははるかに多く、近い未来にはさらに膨大になってゆきます。すでに日本の国立国会図書館や海外の大学などがＷＥＢサイトはもちろんのこと、ブログまで含めたネット上の記述を収集しはじめていますが、それらまで含めれば、あっというまに何千倍、何万倍の「読む」ものが世界に溢れるに違いありません。そのとき、私（たち）はいったいなにを手がかりに、自分が「読む」ものにたどりつくことができるのか――そんな問いに対して大庭さんは、次のように明確に答えています。「もっと若ければ、（…）自分が本当におもしろいものを読んでいけばいいけど、（…）五十年以上も生きますと、今後、生きのびるであろう作品を、評価しなければならなくなっているのでしょう、役割として」と。そう決意表明した彼女はのちに、脳梗塞で倒れてなお病床で最後の候補作品を読み、選考会には出席できずとも口述でその「評価」を書き送りました。そこには、みっつの作品についてそれぞれわずかずつの、壮絶とすら呼びたくなるコメントが書かれています。そこに、「文学賞」の真摯な側面を垣間見ることができます。

川上弘美さん
これは蛇だ。蛇のようにとぐろを巻いてかま首をもたげている他人の気味悪さにぞくっとする。
リービ英雄さん
リービさんの言葉には数カ国語のひびきが音楽のように共鳴し合う面白さがある。
山本昌代さん

山本さんは今までとぐっと趣を変えて、端正に、無駄のない文章の力量は相当なものです。
（病床にて口述されたものを筆記したものです）

（『芥川賞全集十七』）

文学賞の役割と未来

「評価」のひとつとしての文学賞は、この先の未来にいったいどのような役割を果たすのか。じつはここに、あらためて見出せる文学賞と文学（小説）の、可能性があります。最後にすこし、本書のここまでを振り返りつつ考えてみましょう。

「賞」というものはだいたいそんなものですが、文学賞も、この国にそれができたころからしばらくは、社会的にはなかなか認知されません（本書で何度か引用した、「一行も書いて呉れない新聞社があった」という菊池寛の憤慨が、それをよく物語っています）。当時は、社会的な効果が薄いぶん、賞が欲しくて仕方なかった太宰治はじめ、授賞される側にとっての切実さ、評価されたいという気持ちと評価された喜びとが目立って見えます。

そこから、経済成長とともにマス・メディアが発達し、新聞・雑誌や全国ネットのテレビが「同時体験」を作り出すことで、そこで大々的に報じられる賞にも、過剰なまでの意味が付与されます。石原慎太郎や村上龍、そして綿矢りさや金原ひとみなどは、それぞれ「現役大学生」であるとか「史上最年少」などの付加価値も加わって、その「評価」が広く伝わる構図が成立してきました。芥川・直木賞だけでなく、それを追って三島由紀夫賞や山本周五郎賞、吉川英治文学新人賞のようなライバル賞たちも数多く登場し、現在に至っているわけです。

そのことはしかし同時に、「評価」の理由や過程よりも、「結果」を重視するようになってゆくことにもつながります。第一回芥川賞のときには、川端康成の「作者目下の生活に厭な雲ありて、才能の素直に発せざる憾みあつた」という選評に対し、太宰が文藝春秋社の「文藝通信」という雑誌に「小鳥を飼ひ、舞踏を見るのがそんなに立派な生活なのか」と反論文を寄稿。川端も翌月の同誌に「太宰氏は委員会の模様など知らぬと云ふかもしれない。知らないならば、尚更根も葉もない妄想や邪推はせぬがよい」と反論する、というやりとりがありましたが、それはまさに、賞の社会的な位置づけが低い時期の、書く側と選ぶ側とののびのびとした関係、という感じです。

けれども次第に賞がメジャーになり、数も増えてくると、それぞれの賞は「数あるうちのひとつ」となり（じつは川上弘美のように、同じひとがいくつもの賞の選考委員を務めていることもしばしばあるのですが）、「なぜ授賞したか／しなかったか」よりも、結果ばかりが注目されることになります。報道するメディアも、（長い選評は主催する出版社や新聞の媒体が後日載せるので、それに配慮する意味もありますし、事前取材が慣例になったことも大きいですが）作品のどこがどう評価されたかを詳しく報じるよりも、「誰が受賞したのか」「受賞したひとはどんな作家か」「受賞してどう思ったか」などを優先、作品評価の具体は必ずしも十分には伝えてくれません。詳しい選評が主催媒体で読めるころには、読者の興味も別のニュースに移っていて、新聞・テレビもそこであらためて報じることもありませんから、よけい結果だけが印象に残るようになっています。

それでも、メディアが少ないうちは、理由がはっきり示されなくとも、賞の信用は確保されていました。けれどもみなさんよくご存じのとおり、二十世紀末から二十一世紀はじめにかけて、メディアの環境は変わり、いまでも大きな変化の過程にあります。ブログやツイッターは、情報発信の権利と手段をあらゆるひとたちに向けて開放し、新聞や雑誌のように一定の間隔をあけて定期的に発行されていた従来の印刷メディアや、ひとつの土地に届くのは数局がせいぜいだった地上波のテレビ・ラジオと違って、あらゆるタイミングで、あらゆる場所から更新される、きわめて高い情報流動性を持っています。プロがみずからの評価も込めて書いていた「書評」は、誰もが感想を書くことができる「レビュー」に置き換わってゆき、議論よりも投票をベースに選ぶ賞が、話題を呼ぶようにもなりました。いずれは〝アマゾンのレビューで今年の最高点をとったで賞〟とか〝ツイートがいちばん多かったで賞〟みたいなものも出てくるかもしれません。

そんななかで、かつて大庭みな子がほとんど命懸けで評価をしようとしたような、またそこまでいかなくとも、個々の作家・批評家たちが自身の書き手としての存在を賭けて議論するような「文学賞」は、どうしていけばよい／いくことができるのでしょうか。

評価が評価として、河野多惠子が言うように長期的に定着するためには、結果の提示は明確に、なおかつ効果的にする必要があります。たとえば、コミックを対象に朝日新聞社の主催する「手塚治虫文化賞」が、数年前から授賞式の一般観覧を紙面で募集しているように、賞それ自体を（石原慎太郎や村上龍のときとは違って、もっと主催者側に主導権のあるカタチで）ショウ化してゆく考え方もあるでしょう。いまは「アート」「エンターテインメント」「アニメーション」「マンガ」の四部門で運営されている文化庁メディア芸術祭のような賞に、文学（小説）の部門を作ることだってできるかもしれません。そうした方法を考えるのは、広告代理店のようにもっと専門で巧いひとたちがいますから、ときに彼らに任せるとして（文学と広告代理店的なものは相性が悪いことになっていて、たしかに、文学が生み出すお金や理念とはなかなか相容れないかもしれませんが、個人レベルでは文学好きのひとも一定数いますから、そういうひとたちと組んで「より効果的に伝える」ことはできるはずです。なにより、すでに一部の出版社は広告代理店的な商法と物語的なものを共存させようとしていてそれなりに巧くいっています。ならばそれを、もうちょっと文学的なほうに拡げることはできまいか）、文学賞にかかわる文学者側に考えることができるのは、自分たちの選考基準や価値判断を、なるべくきちんとわかりやすく提示することです。この作品はなぜいいのか、その基準にはどんな歴史性があるのか、どんな未来の可能性が隠されているのか。ほかの候補作にはどんな魅力があって、しかしそれを上回って受賞作にはどんなよさがあるのか……価値判断の結果を伝えるだけでなく過程を示すことで、価値判断の基準そのものを提示し、その価値判断のしかた自体が他のジャンルにはない「小説」の魅力を伝えることになる、そのような文学賞があったらおもしろいはずです（それはたとえば、読者個人がやるものだってよいわけで、かつては「批評」の専門領域だったそこも、次第に開放されつつあるでしょう）。もちろんいまよりはるかに手間がかかりますが、ジャンルを元気づけるにはそれぐらいのコストは必要ですし、そうやって過程を示すことで、読んだ多数のひとたちがそれに納得してもよし、すぐには納得しなかったならば「なぜ自分はそれに納得できないのか」「選考委員たちはなにを言いたいのか」を考えることができる──それは「「わかりづらい」他人の思考や感覚を理解」しようとする試みでもあるわけで、つまりは、それ自体が「文学的」な営みです。なんなら、選考結果をめぐって自由に議論ができる場をつくってもよい（そこに選考委員を行かせるのはさすがに負担が大きすぎますが、落選した候補者のなかには参加するひともいるかもしれません。ただし、主眼は「なぜ」

について考え理解することにありますから、いずれにしても結果は覆らないことが前提です)。そうやって、「小説(文学)」にすでに関心を持つひとたちへのインフォメーションを増やしつつ、価値判断の(結果ではなく)根拠や全体を周知させながら、そこにひとびとが加わってきやすいようにする。そうすれば、そこからまた新しい作品が生まれるかもしれない……そういう、いくつもの階層を結合した「文学賞」がいくつか出てくると、風景が変わるでしょう。筆者も、そのひとつになるかもしれないものを、いま仲間たちと作っています。実現すればそれは、かつて芥川・直木賞をつくった菊池寛たちの目指したものと、いくらか近いかもしれません。近いといいなあ、と思っています。

「おわりに」のおわりに

「おわりに」といいながらいつまでも終わろうとしないで、気付けばどの章よりも長くなったこの章も、そうして本書も、そろそろほんとうに終わりなので、ほんとうの「あとがき」めいたことを書くことにします。

この本を書きながらぼくはずっと、集めた資料やかつて読んだ本のなかの、あるいは直接耳にした、みっつの言葉を思い出していました。

ひとつめは、第一回の芥川賞選考委員であった川端康成が太宰治にあてた、こんな言葉です。「太宰氏は委員会の模様など知らぬと云ふかもしれない。知らないならば、尚更根も葉もない妄想や邪推はせぬがよい」（「太宰治氏へ芥川賞に就て」）……社会的な原則で言えば、まったくそのとおりです。右の言葉は選考会の様子に疑義を呈した太宰治の文章に対する川端康成の反論ですが、それはそのまま、本書にもぴったり当てはまります。

当時の選考委員たちが村上春樹のふたつの作品に対して、どういう経過や理由であの結論に結びついたか、現場にいなかった者には、選評やそのほかの記録に残されたもの（のなかで、手に入れることができたもの）しか知る手段はありません。存命の当時の選考委員や事務局員たちに話を聞きに行くことはできても、彼らがそれぞれ言っていることが事実かどうか確かめようがない以上、そのことにもほとんど意味がない。当の村上さんにしてみても、彼自身何度も「出来がよくない」と公言している最初の二作についての話ですから、それをあれこれ検討・詮索されること自体、余計なお世話もいいところでしょう（だから、ほぼ面識もないに等しいご本人には、こっそりここで謝っておきます。「やれやれ」とでも言ってくれればいいのですが）。

なのに、なんでわざわざそんな本を書こうと思ったのか。読んでくれたひとになにを伝えたいと思ったのか。それは、小説というメディアが読めば読むほどおもしろいこと、ただ物語を愉しむだけでなくその背景や歴史と接合するとまるで違った物語が浮かんできたり、読み始めたときにはぜんぜん予想もしなかった別の場所や時間、別の小説とつながったりして、その驚きが小説を「読む」喜びのひとつとしてある……ということを、主にはぼくの教え子たち、あるいは潜在的にそうでありうる老若男女を問わぬひとたちに、伝えたいと思ったからでした。

この章の前の方でも書きましたが、そもそも〝言葉〟はぼくたちが日頃思っているより不自由でそして奇妙なものです。対象を認識する手段であると同時に、（小説のように）それ自体が「対象」になることがあり、「犬がいる」というごくシンプルな記述ひとつとっても、「犬」について説明を始めるとたとえば「イヌ科の哺乳類のひとつで、広義の「犬」に含まれるうちの一種。人間とともに暮らすイエイヌ。身体的特徴は長毛や短毛などさまざまあるが、多くは感情表現が豊かであり、訓練も容易であるために、最古の家畜のひとつとされて……」などと語が費やされますし、すると当然さらに「感情表現というときの「感情」とは……」などとそれぞれの語を説明することにもなって、（それを自己言及的とか再帰的と言ったりもしますが）いつまでたっても終わりがありません。そういう特質を持った〝言葉〟をぼくたちは、或る部分で「だいたいこのへんで！」と言わんがばかりに切断し、「理解した」つもりになったり、コミュニケートしたつもりになったりするわけです。

たとえば法の言葉であれば、その目的から言っても共通の理解が最大限求められます。「罪」

や「罰」といった言葉の概念を裁判の度に、そこに加わるひとごとにすり合わせていては、いつまでたっても「法」の目的であるところのルールが定まりませんから、どこかで「こういうものだ」と定めなければならない。統計を扱う社会学の言葉も、正確になにかを計量し伝える手段として規定されます。他方、〝物語〟の言葉も同じです。とりわけコンピュータ・テクノロジーの時代になって、言葉と言葉以外のもろもろとが同じ再生機器で扱われるようになり、コンテンツのグラフィックス化（コミックとかですね）や映像化が容易にもなって、なんとなく、小説であってもストーリーだけを抽出して読んだり、躊躇なくアニメーションやコミックや映画、ドラマなど、そのほかのストーリー媒体と並べてしまう例も多く見られます。もちろんそれはそれでおもしろいし、間違ってもいません（だから本書も一部そういう構成になっている通りです）。

そのとき、「内容」を論じる言葉は、それ自体は揺るぎないもののように、ついぼくたちは考えてしまいます。でも、「それでもよい」ことと、「それだけでよい」ことは、大違い。自分がたったいま「犬」と発したはずの言葉が、どうしようもなく曖昧でいろいろな意味を持ち得ることへの、絶望とスリルそしておもしろさとがないまぜになって、ついには「自分」とはなにかを悩んでしまったり（それで病んだりするひともいるので要注意ですが）、逆に、しばられていたあれこれから自由になったり……そういう可能性が、小説（文学）にはあります。なにしろ、ものの長さを測るモノサシの目盛りが使うごとに違ったり、モノサシの目盛りを測るのに別のモノサシを持ってきたりしなければいけないので、たいがいシュールな世界ですが、そのぶん、意外な目盛りや意外な単位が出てきたりして、世界がぜんぜん違うふうに見えたりするのはおもしろい。ほとんど「1984年」と「1Q84年」のような感じです。

こうした意味で、川端さんの「妄想や邪推はせぬがよい」も、彼の発した文脈では確かにまっとうなのですが、同時に「妄想や邪推こそが文学である」のも確かです。そうやってできた妄想や邪推があくまで妄想や邪推でしかない（自分ひとりのものでしかない、ばかりか自分のものですらときになくなる）ことさえ忘れなければ、なにかの「結果」として出てくるものはすべて正しくしかし常に間違っていて、でも／だから、なにか結果に汲々とするよりも、その過程を自由に愉しむことこそ「小説」の快楽なのだ……ということをいくらかでも体現できたらと考えて、この本をこんなかたちで書いたのでした。

そんなふうに考えながら「芥川賞はなぜ村上春樹に与えられなかったか」のお話を組み立てるにあたって思い出していたのは、本書でたびたび引用した江藤淳の著作について、小谷野敦『反＝文藝評論』がその序章「「文藝評論」とは何か」で記した「『成熟と喪失』（講談社文芸文庫）は（…）文学作品を題材にした（イラストレーションとした）時評だが、学問的にはこういう方法というのは（…）ただのエッセイとしか言えない」というくだりでした。筆者は「前田塁」というソロ・ユニットでこれまで二冊の「文芸批評」の本を出していますが（そうしてそれ自体、基本の思考スタイルは同じなので、あれこれ荒唐無稽な「小説の読み方」について書いているのですが）、その二冊と比べても、本書はかなり無防備に、正確さや周到さよりも意外な接続や「こんな理解もアリなんだ？」的なことを、それらしく見えるよう（しかし同時に目に見えて胡散くさく《フィクションっぽく》もあるよう）試みています。驚くべき博識をもとに「論理的・実証的であることを心掛け」て書く「学者」としての小谷野さんの姿を思い浮かべながらその逆を進めば、文学作品をコラージュした、より「エッセイ」的な文章ができるのではないか、そんなふうに考えていました。

　そもそも「読む」行為とは、なにか暗号鍵のようなものを手にしてテキストを解読してゆく行為です。その本数が多ければ「研究」になるし、太い鍵を何本か恣意的に組み合わせて使えば、いわゆる「批評」にもなる。ならば逆に、ほんとうに少ない本数の細い鍵でドアを開けてみれば、より広い小説の読者に愉しんでもらえるのではないか――本書はそんな設計思想で作られています。あくまで「エッセイ」であり物語ですから、先にも書いたように「邪推や妄想」であって、村上春樹と芥川賞とが縁がなかった「真の理由」かどうかは書き終えてぼくにもわかりませんし、ペルリさんが「特攻隊長」で日本が「パシリ」だったというのももちろんただの比喩。別の鍵を使って別の角度から扉を開ければ、違う景色が見えるでしょう（とはいえ、当時の欧米のオリエンタリズムは基本そのような——相手を自分たちより発展段階の遅れた民族と見るような——ものでしたし、日本がそうした脅威のもとに急速な近代化を試みたこともまた事実です。他方、村上春樹が芥川賞を受賞しなかったこともふくめて、日本の近代文学がそうした近代化の流れと不即不離であることも、とりわけ現代から振り返るとよくわかります）。その意味で、本書はなにかを「わかる」ためである以上に、本書を読んだひとが次になにかの小説を読むとき、「どう読んでもいいし、いろんな読み方をしたほうがおもしろい」ということを思い出してもらえれば（そしてでも「大枠としては、だいたい本書に書いてあった感じだなあ」と頭の隅で思ってもらえれば）さいわいですし、これまで「批評」や「研究」は難しいばかりだろうと関心がなかったひとたちに、本書で名前を挙げたひとたちの著作を手にとるきっかけになってもらえれば、と願っています。本書校了の間際に「村上春樹ロングインタビュー」が雑誌「考える人」に発表され、本書の二カ所にもギリギリで少し記述を追加したのですが、大筋で書き換える必要のなかったことは、「妄想や邪推」であったはずのものがいくぶん本当らしく見えてしまう気もして（もちろんそれはそれで本書の著者としてはひと安心ですけれど）、次はもっと自由に読もう、と思ってしまいます。もちろんそれは、本書の読者みなさんの権利でもあります。

＊

本書の構想は、小説を読むとき単に物語だけじゃなくてそれが書かれ読まれた歴史とおもしろおかしくつながるといいよねという、「異説・はやわかり日本文学史」として始まりました。授業にモグっていた教え子のひとりが、著者の最初の評論集である『小説の設計図』(青土社)冒頭の太宰治『走れメロス』にただただツッコミを入れるという文章をふだん小説を読まないヤンキーの彼氏に見せたら「なんかおもしれえじゃん」とメロスを読み始めたという、教師業にとってうれしいエピソードを聞かせてくれたのがきっかけです(なのでその文章は、構成を大きく変えて本書にも収めています)。その意味で本書は、その学生さんだけでなく、ぼくの授業をときに笑いときに質問し、またときに居眠りして緊張感を与えてくれたすべての受講生のひとたちに由っています。本書の署名もそんな理由から、これまでの二冊とは違い、教員だったり雑誌づくりをしていたり、文学だけじゃなくギャンブルや野球にかんする文章を書いたり、ときどきパチンコ屋でハマりながらひとの作品を読んでいたりと、「なにしているひとなの?」とよく聞かれるほうの名前になりました。本書を楽しんでいただけた方は、前田塁名義の二冊(と今年出る予定のもう二冊も)を、手にとっていただければさいわいです。

加えて、本書の企画の開始後に引き受けたTBSテレビ系列『王様のブランチ』ブックコーナーでの仕事も、構成や執筆に大きな影響を与えてくれました。関東をはじめ全国十六局ネットで小説も含めた本の紹介をするコーナーのある貴重な情報番組ですが、そこにかかわっている何十人ものひとたちが背負うプロ意識や責任を間近に見ると、そこで小説の魅力を伝えることの意味を軽々しく考えるわけにはいかなくなります。ぼくが学生時代からの二十年でかかわってきた（純）文学の世界とは必ずしも完全に重なってはいないけれど、同じように本や小説が好きなひとたち（あるいはもうちょっと気軽に、本や小説を楽しんでいる／楽しみたいひとたち）とその世界をどうやってつなぎ、それぞれのおもしろさを発見し伝えられるかということについて真剣に考えるようになったのは、その仕事のおかげですし、本書が『王様のブランチ』のブックコーナーを楽しみにしてくれている視聴者のひとたちや、スタジオで一緒に仕事をしているひとたちに、いくらかでも楽しめるものになっていてくれれば、と願っています。

そういうふたつの動機のもと、なるべく幅広い、しかもふだん文芸雑誌や思想雑誌で書いたり文学系の学部で教えているぼくが出会うことの難しいひとたちに届けたいと思いながら書いた本書にとっては、新書という形態と幻冬舎という版元さんが、緊張感を与えてくれました。当初の「日本文学史」から、どこか謎本やミステリーめいた「芥川賞と村上春樹」にモチーフが動いたのも、文学賞というふつう評論では扱うに躊躇する題材に向き合えたのも、「純文学」専門の出版社ではないことを自覚的に選んでそれを成功させてきた幻冬舎さんや、そこの編集者である斎数賢一郎とのよい緊張関係のおかげでした。いざ始めてみれば、生真面目で小心なぼくには手に余る仕事だった気もする本書（あとがきを書いているいまも、こんな大雑把な本でいいのかとドキドキしていますが）にさらに、これまで二冊の単行本やいつも仕事をする仲間たちとの関係ではできなかっただろう大胆さを加えてくれた斎数くん（書きかけの第一稿を前に、「父」を柱に通すべきと発案してくれたのも、校了半月前に全体の構成を逆転させることを提案したのも彼でした）と幻冬舎さんには、いままでのどの仕事よりも手こずって何度も諦めかけたぼくをじっと待ち、ここまでつれてきてくれたことも含めて、感謝していますし、この数年書きたいと思い続けてきた村上春樹論への導線となるだろう仕事ができたことにも、いずれ改めて感謝する気がします。斎数くんは都合あって本書の刊行前に会社を離れましたが、その後も手伝ってくれる彼を社内でバックアップしてくれた幻冬舎の石原正康さんと、最終段階での進行を引き継いでくれた壺井円さん、そして校正担当の方々に、お礼申し上げます。途中の進行と校正については、過去の二冊と同様、早稲田文学で働く歳若い仲間たち（窪木竜也・福井咲貴・横山絢音・関口拓也）と、作品社の青木誠也に助けられました。この場を借りて感謝の意を表します。いつもありがとう。

この「「おわりに」のおわりに」の冒頭に「みっつの言葉」と書きながら、ふたつしか挙げていませんでしたが、もうひとつは、小説を読むことは「記号のあらゆる意味を目覚めさせることだ」と聞かせてくれた、批評家の蓮實重彦氏の言葉でした。荒唐無稽な読み方を書きつけるあいだじゅう、その言葉がずっと、臆病なぼくの背中を押してくれていた気がします。「批評は崇高《ノーブル》でなければならない」と教えてくれた恩師・柄谷行人の言葉を心に銘記しつつも、それからどうみても離れてしまう「妄想と邪推」を書き終えるには、蓮實さんのその言葉が呪文《マジック》として必要でした。本書の読解の基盤を教えてくれた渡部直己氏とあわせ、そのおふたりに感謝します。そしてなにより、ここまで読んでくれたみなさんに。

参考文献（順不同）

『イアン・ブルマの日本探訪　村上春樹からヒロシマまで』イアン・ブルマ（TBSブリタニカ）／『それぞれの芥川賞　直木賞』豊田健次（文春新書）／『定本　柄谷行人集』1〜5　柄谷行人（岩波書店）／『HAPPY　JACK　鼠の心　村上春樹の研究読本』絓秀実・四方田犬彦ほか（北宋社）／『リアリズムの擁護』小谷野敦（新曜社）／『日本語と日本人の心』大江健三郎・河合隼雄・谷川俊太郎（岩波書店）／『三人称の発見まで』野口武彦（筑摩書房）／『日本文化論のインチキ』小谷野敦（幻冬舎新書）／『妊娠小説』斎藤美奈子（ちくま文庫）／『芥川賞を取らなかった名作たち』佐伯一麦（朝日新書）／『太宰治の生涯と文学』相馬正一（洋々社）／『反＝文藝評論　文壇を遠く離れて』小谷野敦（新曜社）／『懐しき文士たち』大正篇・昭和篇・戦後篇　巌谷大四（文春文庫）／『芥川龍之介短篇集』ジェイ・ルービン　編　村上春樹　序（新潮社）／『わが文学半生記』江口渙（講談社文芸文庫）／『芥川賞全集』（文藝春秋社）／『晩年の芥川龍之介』江口渙（落合書店）／『定本　想像の共同体』ベネディクト・アンダーソン（書籍工房早山）／『文学地図　大江と村上と二十年』加藤典洋（朝日新聞出版）／『東京文壇事始』巌谷大四（講談社学術文庫）／『江藤淳という人』福田和也（新潮社）／『「作家」・芥川賞・おんな』小谷剛（中日新聞社）／『「月給百円」サラリーマン』岩瀬彰（講談社現代新書）／『村上春樹の秘密』柘植光彦（アスキー新書）／『ダカーポ587号　芥川賞・直木賞を徹底的に楽しむ』（マガジンハウス）／『消えた受賞作　直木賞編』川口則弘　編（メディアファクトリー）／『消えた直木賞　男たちの足音編』川口則弘　編（メディアファクトリー）／『闊歩する漱石』丸谷才一（講談社）／『太宰治はミステリアス』吉田和明（社会評論社）／『漱石はどう読まれてきたか』石原千秋（新潮社）／『ハイ・イメージ論』吉本隆明（ちくま学芸文庫）／『夏目漱石を江戸から読む　新しい女と古い男』小谷野敦（中公新書）／「文藝春秋　特別版　夏目漱石と明治日本」（文藝春秋社）／『漱石　母に愛されなかった子』三浦雅士（岩波新書）／『村上春樹とハルキムラカミ』芳川泰久（ミネルヴァ書房）／『それでも作家になりたい人のためのブックガイド』渡部直己・絓秀実（太田出版）／『私学的、あまりに私学的な』渡部直己（ひつじ書房）

幻冬舎新書 173

芥川賞はなぜ村上春樹に与えられなかったか

擬態するニッポンの小説

二〇一〇年七月二十五日 第一刷発行
二〇一〇年九月 二十 日 第二刷発行

著者 市川真人
発行人 見城 徹
編集人 志儀保博
発行所 株式会社 幻冬舎
〒一五一-〇〇五一 東京都渋谷区千駄ヶ谷四-九-七
電話 〇三-五四一一-六二一一(編集)
〇三-五四一一-六二二二(営業)
振替 〇〇一二〇-八-七六七六四三
ブックデザイン 鈴木成一デザイン室
印刷・製本所 株式会社 光邦

JASRAC 出1008930-002

Printed in Japan ISBN978-4-344-98174-4 C0295
い-9-1